[新概念阅读书坊]

学会感恩 学会爱
XUE HUI GANEN XUE HUI AI

主编◎崔钟雷

吉林美术出版社

图书在版编目（CIP）数据

学会感恩学会爱 / 崔钟雷主编 . —长春：吉林美术出版社，2011.1（2023.6 重印）
（新概念阅读书坊）
ISBN 978-7-5386-5043-3

Ⅰ . ①学… Ⅱ . ①崔… Ⅲ . ①成功心理学 – 青少年读物Ⅳ . ① B848.4-49

中国版本图书馆 CIP 数据核字（2010）第 255529 号

学会感恩学会爱
XUEHUI GANEN XUEHUI AI

出 版 人	华　鹏
策　　划	钟　雷
主　　编	崔钟雷
副 主 编	刘　超　那兰兰
责任编辑	栾　云
开　　本	700mm×1000mm　1/16
印　　张	10
字　　数	120 千字
版　　次	2011 年 1 月第 1 版
印　　次	2023 年 6 月第 4 次印刷
出版发行	吉林美术出版社
地　　址	长春市净月开发区福祉大路 5788 号 邮编：130118
网　　址	http://www.jlmspress.com
印　　刷	北京一鑫印务有限责任公司
书　　号	ISBN 978-7-5386-5043-3
定　　价	39.80 元

版权所有　侵权必究

前言 *Foreword*

　　阅读是一段开启心智的历程，阅读是一种与书籍对话的方式，阅读是一盏点亮灵魂的明灯！人们常说"开卷有益"，只要认真去阅读，用心去体会，就会从书籍中获取丰富的知识，获得源源不绝的力量！

　　为了开阔您的阅读视野，我们精心编纂了本套"新概念阅读书坊"系列丛书。阅读是一种自我充实的过程，读什么和怎样读都显得颇为重要，而我们的意旨在于为您提供一种全新阅读方式的可能！

　　本套丛书内容涵盖面广，设计新颖独到，优美的文章，精致的图片以及全新的阅读理念，必将呈现给您一场独特的阅读盛宴，愿您在享受这段新奇的阅读历程时，也会将之视为开启您阅读之门的钥匙，走进阅读的美好世界……

目录

第一章 童心的拥抱

童心的拥抱 …………………… 2

善解人意的魅力 ……………… 5

别伤害了金子般的心 ………… 8

免费的阳光 …………………… 12

伊莎贝拉的蓝勋章 …………… 14

黑熊报恩 ……………………… 20

虚职实爱 ……………………… 23

人是因被爱而有价值 ………… 25

爱心不是偶然的 ……………… 27

心怀一片感恩 ………………… 29

一个父亲的箴言 ……………… 31

活着就是爱 …………………… 34

那些温暖的…… ……………… 37

公主的金手指 ………… 40

父亲的果树 …………… 42

火炉旁 ………………… 44

大爱不爱 ……………… 46

丁香花儿，别睡觉 …… 49

梯子 …………………… 52

母爱的力量 …………… 55

生命的感动 …………… 57

第二章　理解的幸福

爱的故事 ……………………………………… 60

答案 …………………………………………… 62

月光下的蛙鸣 ………………………………… 64

我的初中老师 ………… 66

老师领进门 …………… 68

师恩浩荡 ……………… 71

高贵的施舍 …………… 74

母亲的信念 …………… 76

女儿渡 ………………… 78

理解的幸福 …………… 80

傻瓜妈妈…………………………… 84

一碗馄饨…………………………… 86

母爱是一剂药……………………… 88

母亲………………………………… 91

5万元的父爱……………………… 94

母爱的姿势………………………… 97

父爱昼夜无眠……………………… 99

贱贱的爱…………………………… 102

母爱与爱母………………………… 104

奶奶的手…………………………… 107

母亲一生中的8个谎言…………… 110

把笑脸带回家……………………………… 113

母爱的宽容………………………………… 116

第三章　一起经营幸福

一位母亲与家长会 …………… 120

慈母恩情重如山 ……………… 122

母亲的偏方 …………………… 124

血爱 …………………………… 127

自始至终的家 ………………… 129

樱桃树下的母爱 ……………… 132

送给沃尔特一家圣诞花篮 …… 136

无声的感恩曲 ………………… 139

藏起母亲的秘密 ………………………… 146

一起经营幸福 …………………………… 149

第一章 Chapter 1

童心的拥抱

当一个人觉得自己一无是处时，很容易就自暴自弃，索性坏到底，就像待在一个脏乱的大环境里，再脏一点也无所谓。但是当有人付出爱，付出行动，让被爱的对象开始看到自己的美，或许他就能从那一点看到改变的曙光，甚至因这人的改变，让别人看到希望，从而走出生活的黑暗。

童心的拥抱

曾庆宁 译

驾车驶过小镇时,我开始给我的孩子们介绍他们将要看到的一切。我们新教堂里的一个妇女已到了癌症晚期,生活不能自理,我决定每周末去帮她干些家务活。

安妮好几次邀请我带着孩子一起去看她,因为我曾多次在她面前提及我的两个孩子,而她自己没有孩子。"绝大多数孩子见到我都怕得要死,我的长相对他们来说简直就像魔鬼一样,"她不安地说,"我能理解那些孩子们,毕竟,我的样子与众不同。"

我尽量寻找恰当的词汇来向儿子和女儿形容安妮的相貌。我对孩子们说:"安妮头上长了个肿瘤,她的脸部因为肿瘤而严重变形。"我记得儿子10岁的时候,我曾经带他看过一场有关残疾人的电影。我想让他知道,残疾人和正常人一样,都有感情,也会伤心。

"戴维，你还记得我们两年前看过的那部名叫《面具》的电影吗？就是关于那个小男孩脸部畸形的故事。"我问道。

"是的，妈妈。我想我知道将会看到什么。"他的语气告诉我，我不再需要给他更多解释。

"妈妈，肿瘤长得像什么来着？"女儿黛安问我。

要回答9岁女儿的问题，必须比喻形象而具体。为了防止女儿见到安妮时出现激烈的反应，我必须给她准备足够的，而不是过多的印象。毕竟，我不想吓坏孩子。

"她的肿瘤就像你嘴巴里面的皮肤。它从安妮的舌头下面伸了出来，弄得她说话很困难。你一看到安妮就会看到那个肿瘤，但是，没有什么可怕的。你们千万记住，不要盯着那个肿瘤看。我知道你们想看它是什么样子的，不过，你们绝对不要盯着它看。"黛安点了点头。

"孩子们，你们准备好了吗？"在路边停下车时，我问他们。

"是的，妈妈。"戴维说，就像他那样大小的孩子一样叹了口气。

黛安点了点头，反倒安慰我："妈妈，别担心，我不会害怕的。"

我们走进客厅时，安妮正坐在躺椅上。她的腿上摆满了准备寄给朋友的圣诞卡。我抓紧两个孩子的手，我知道在这种时候，任何情况都有可能发生。

看到我的孩子们，安妮的表情一下子愉快了许多。"噢，你们能过来看我，我简直太高兴了！"她一边说，一边抽出一张餐巾纸擦拭从扭曲的嘴里流出的口水。

突然，戴维松开我的手，走到安妮的躺椅前，用手搂住她的肩膀，将自己的脸贴在安妮那张变形的脸上。他微笑着

看着她的眼睛说:"我很高兴见到您。"

正在我为儿子感到无比骄傲的时候,黛安也像她哥哥那样给了安妮一个热切的拥抱!

我的喉咙有些哽咽,心中百感交集。我抬头,看到安妮的眼里满是泪水,充满感激的泪水。

我要对你说

人与人传递着真诚的情意,它胜似良药,可以驱散心灵的阴霾,建立和谐的人际关系。敞开心胸,给需要帮助的人以"童心的拥抱",把人间真爱化为生命永恒的光彩,让所有人都得到爱与阳光。

善解人意的魅力

中原渔人

和其他的酒店不一样，法国巴黎的拉·维耶酒店里没有菜谱。当人们来到小酒店时，66岁的女主人会告知你该吃什么东西，不该吃什么东西，如果她知道你在减肥节食或者看上去你应该节食，她就不会给你上小牛肝、小牛肾之类的高蛋白食物。即使你点了这样的菜，她也不会给你，因为她完全知道什么食物对你有好处。

在这个小酒店里，女主人像一位母亲或家庭主妇似的，当天想到什么菜就烧什么菜。而客人也像回到家里一样，她烧什么菜就吃什么菜，不需自己点菜。这个小酒店的这一经营特色，招来了不

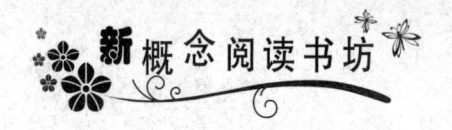

少客人，有一位叫船的顾客竟在她的店里吃了25年午餐。

这位叫船的顾客一口气说出了他在这儿连续吃午餐的数十个原因，其中若干个都跟老板的善解人意有关。船第一次到这里吃饭是因为他被解雇了，而他当月的薪水又被贪婪的上司扣发，所以他带着一肚子委屈和苦闷来到了这个小酒店。但他没想到自己会被酒店的女老板狠狠地批评了一通，因为爱喝酒的他怕在酒店里买酒太贵，每次吃饭前总要在外面小店里买一些劣质酒。他被老板训斥的原因是因为他的脸色不好，象征着他的肝脏不好，女老板给他换了一瓶对肝脏有保护作用的温酒，并免了他的酒水费，本来心情很不好的他得到了一份莫名的关心，一下子食欲大增。

船还说了和一位正闹离婚的朋友一起在拉·维耶酒店吃饭的故事。那天酒店里的一道菜和船的那位朋友的妻子常常做的是一个味道。不一会儿女老板走来问菜的味道怎么样，当问到船的朋友时，船的朋友拼命地点头说："味道不错。"船的那位朋友回家后，发现妻子做的正好是他刚吃过的那道菜，忍不住想对比一下。结果尝完以后，感觉很好，便大声对妻子说"味道不错"，他妻子幸福得差点掉下眼泪。因为结婚以来，这还是他第一次夸奖妻子，妻子正是因为他不善解人意而跟他闹离婚。船的这位朋友后来常到这个小酒店吃饭。

据法国该地方晚报报道，该报生活副刊曾用两个版面刊登了拉·维耶酒店顾客的故事，

他们的故事各不相同，但他们却能众口一词地说出善解人意的女老板某一天的某个举动。而接受采访的女老板却说了许多顾客爱吃她们饭店的饭菜的故事，其中包括船，女老板说常去她那里吃饭的人会给她带去一些好的菜谱甚至自己家的新鲜菜。采访她的记者说："看来，善解人意是可以传递或者传染的。"

我要对你说

以诚相待是女老板成功的秘诀，女老板真诚的付出换来的不单是经济效益，更重要的是她得到了人们的爱戴与尊敬。其实获得理解并不难，只要用心去体会他人的情感，用爱去温暖每一颗心灵。

别伤害了金子般的心

何长安

一天傍晚,我下班回家,正匆忙走着,突然一个陌生的男子上前拦住我,手里捏着一张 10 元钞票,神神秘秘地问我能不能帮他一个忙。我一下子警惕起来,以为他要耍街头那些骗子的把戏,就想赶紧离开。那个男子似乎看出了我的戒备心理,神情急切地说:"你放心,我不是骗子。"

我说了一声"抱歉,我没有时间",就抬腿要走。那男子拦住我,笑笑说:"你听我说,你要是不帮我,你就伤害了一颗金子般的心。"

我一听便好奇地停住了脚步。

于是,男子告诉我,他刚才在街头的拐角处看见一个小女孩,大概十二三岁的样子。他看见小女孩站在寒风里瑟瑟发抖,以为小女孩迷路了,上前一问才知道,原来那个女孩在等人。小女孩说她是一个卖花姑娘。有个女人买了她的鲜花,给钱的时候发觉身上没有带钱包,女人把花拿走了,要小女孩站在那里等一等,说很快就把钱给她送来。可小女孩等了好几个钟头,那女人也没送钱过来。

男子望望我,接着说:"很显然,那个女人骗了小女孩。"男子说他劝小女孩赶快回去,不要再等了,说那个女人多半是骗她的,可小女孩不肯,因为她不相信那个女人会骗她。男子说他实在不忍心看着小女孩在寒风里受冻,就想替那个女人把钱给小女孩,谁知小女孩怎么也不肯要。

我不解地问:"你的意思是……"男子接着说道:"小女孩不相信这个世界上有欺骗,纯真的心就像金子一样,我不忍心她金子般的心受到伤害,想保持这个世界在她心里的完美,所以,我找你帮忙。"男子微笑着把那张10元钞票递给我,说:"你拐过这个街角就可以看到她了,拜托你过去把钱给她,就说是那个阿姨有事来不了,托你转交的呗。"

我很感动,对男子说:"既然这样,就让我来为那个骗人的女人埋单吧!"但是男子坚决不肯,固执地认为这钱应该由他来出,硬把钱塞到我手里,然后高兴地说:"这下我可以放心地回家了。"

我紧紧地握了握男子的手,和他道别。拿着男子给我的钱,我走过拐角,果然看见一个衣着单薄的小女孩,手里拿个空花篮,站在寒风中往我这头张望。我快步走过去,告诉小女孩:"那个阿姨因为有事来不了了,特地委托我将钱送来。"

"真的吗?"小女孩看着我手中的钱迟疑着不肯接。

我急忙说:"真的,那个阿姨没空,让我给你送来的。"

小女孩看看我手里的钱,又看看我,说:"我不相信。"

我坚定地说:"真的,我不骗你!"

"那她应该记得她买了我50朵花啊!"小女孩啜嚅道,"每朵2元,一共应该是100元啊……"

原来是这样。我想那个好心的男子真是太粗心了,怎么就没问清楚那个女人买了多少花该给多少钱呢,差点就露馅了。

为了不让小女孩起疑心,我故意装作恍然大悟的样子,拍拍脑袋,嘴里嘀咕着说:"哎呀,我真粗心,怎么把10元当作100元给你了!"

我从包里摸出一张百元钞票递到小女孩手里。小女孩接过钱，迈着欢快的步子走了。看着小女孩的背影，我感到自己做了一件大好事。

半个月后在街头，我又意外地看到了那个好心的男子，刚要过去和他打招呼，却见他突然拦住一个女人，比画着跟人家说些什么。我看见他手里捏着一张10元钞票。那个女人和我当初一样，起初还有些戒备，但是听男子说完话，很快变得高兴起来，接着和我当初一样，她先是拒绝接受男子的钞票，而后被那男子的真诚态度所打动，有些难为情地拿了那张钞票，和男子握了握手，愉快地往街头拐角处走去。

果然，那个小女孩正站在那里，翘首张望。和我当初一样，那个女人快步走过去，要给那个小女孩钞票。小女孩先是不肯接，当那女人很快弄明白小女孩不接钞票的缘由后，也和我当初一样，她装作恍然大悟的样子，从包里摸出一张100元面额的钞票。这下小女孩收下了钱，她向那个女人鞠躬、道谢后，迈着欢快的步子离开了。那个女人和我当初一样，舒了口气，一副很开心的样子。

我尾随着那个小女孩，在走过几条大街后，看见她走向那个男子，从身上掏出那张刚刚到手的百元大钞递给男子，男子高兴地蹲下身子跟小女孩说着些什么。我气坏了,当即掏出笔和纸,写了一行字,然后叫住刚好路过身边的一个小男孩,让他帮忙把纸条送给那个男子。

小男孩纳闷地问我:"你是不好意思跟那个叔叔说话吗?"我摇摇头说:"是他不好意思跟我说话。"小男孩很乐意帮我这个忙。他按照我说的,把纸条塞给那个男子就走开了。

那个男子打开纸条,看了一眼,就警觉地四处张望,神情有些慌张,赶紧牵着那个小女孩匆匆离开了。

我在那张纸条上写着:"别伤害了金子般的心!"

我要对你说

真情可贵,它不会因岁月的流逝而减淡,不会因苦难的浸染而变色。所以,不要试图用世俗的眼光去衡量它,不要试图用欲望去苛求它,因为这样可能伤害到了那比金子更可贵的心!

免费的阳光

罗 西

一天，弟弟在郊游时脚被尖利的石头割破，到医院包扎后，几个同学送他回家。

在家附近的巷口，弟弟碰见了爸爸。于是他一边跷起扎了绷带的脚给爸爸看，一边哭丧着脸诉苦，满以为会收获一点同情与怜爱，不料爸爸并没有安慰他，只是简单交代了几句，便自己走了。

弟弟很伤心，很委屈，也很生气。他觉得爸爸"一点也不关心"他。在他大发牢骚时，有个同学笑着劝道："别生气，大部分老爹都是这样，其实他很爱你，只是不善于表达罢了。不信你看，等会儿你爸爸走到前面拐弯的地方，他一定会回头看你。"弟弟半信半疑，其他同学也很感兴趣。于是他们不约而同停了脚步，站在那儿注视着爸爸远去的背影。

爸爸依然坚定地一步一步向前走去，好像没有什么东西会让他回头……可是当他走到拐弯处，就在他侧身拐弯的刹那，好像不经意似地悄悄回

过头来，很快地瞟了弟弟他们一眼，然后才消失在拐弯后面。

虽然这一切都只发生在一瞬间，但却打动了在场的所有人，弟弟的眼睛里还闪着泪花。当弟弟把这件事告诉我时，我有一种想哭的感觉。很久以来我都在寻找一个能代表父爱的动作，现在终于找到了，那就是——拐弯处的回头。这个动作写尽了父爱的要义。

我要对你说

个人的力量总是有限的，我们无法像太阳一样普照大地，温暖万物，但是我们可以做一缕免费的阳光，奉献我们的爱心。爱心无论多少，量力而行最好。如果每个人都能做一缕免费的阳光，世界将会充满温暖与爱。

伊莎贝拉的蓝勋章

蝴 蝶

母亲去世那年，26岁的伊莎贝拉主动申请转调到克罗耶镇医院做脑外科主治医师。和伊莎贝拉一起在克罗耶医院脑外科工作的，还有一位年近50的萨尔博医生。让伊莎贝拉头痛的是，这位资深的萨尔博医生，却是个不折不扣的酒鬼，经常因为酗酒不肯对患者进行治疗。好在克罗耶镇人口稀少，每天来医院就诊的病人并不多，伊莎贝拉这才能勉强应付过来。

克罗耶镇一年中有大半时间都浸润在绵绵的细雨中，丰润的雨水滋润着土壤里的喜水植物，高大或低矮的树木在这里随处可见，特别是到了春夏两季。镇上的每一寸土壤都被那些碧绿的植物覆盖着，间或钻出的各种不知名的小花，鲜艳夺目、色彩缤纷，把整个小镇装点得像一幅世界名画。

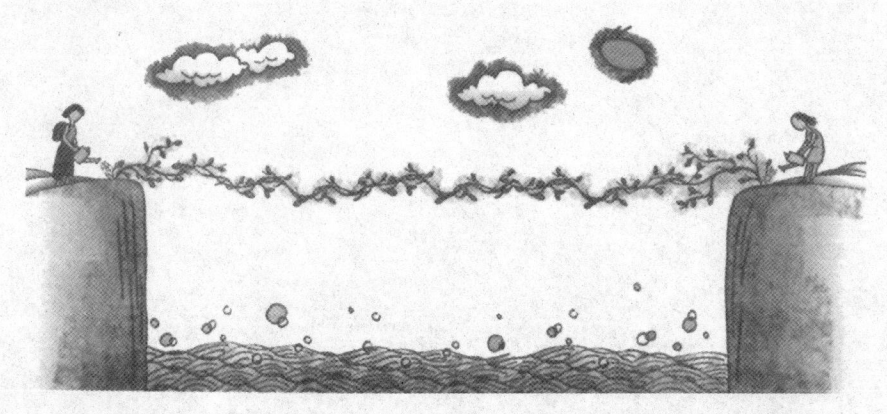

然而，这些雨水对植物来说是天赐的甘露，对克罗耶镇的交通警察来说，却时不时地像一场灾难。因为人口密度不大，镇上的公路也不宽，一般的道路还好，但偶有的环山路段，遇上密集的雨水，可真就是险象环生了。

就在一个下雨的凌晨，环山路段上三辆小车发生追尾事件，四个人都受了伤，其中有两人还是脑部受创，需马上动手术清除脑内淤血。情况紧急，送去城里的大医院肯定是来不及了，伊莎贝拉赶紧安排手术室准备手术。可就在这时，护士长却告诉伊莎贝拉，她们怎么也联系不上萨尔博医生。

墙上的时钟一秒一秒地向前走，伊莎贝拉心急如焚，她知道，此时，对于患者来说，早一分钟手术，就多一分生存的机会。作为医院不多的脑外科手术医师之一，萨尔博完全有责任携带随时能联系得到的通信工具。此时此刻，伊莎贝拉心里对这个不负责任的老头充满了愤怒。好在15分钟后，终于有人在医院后巷的酒吧里找到了萨尔博。

萨尔博一听说要动手术，怎么也不肯拿手术刀，声称自己刚刚喝了酒，现在不能动手术。可此时两个病人的血压和呼吸都开始发生变化，再不动手术就会有生命危险，伊莎贝拉已经没有选择余地，她只好央求萨尔博说："萨尔博医生不管您现在的状态有多么糟，但现在不实施手术的话，他们肯定就会死去。如果动手术，也许还会有一线生机，我们都是医生。救死扶伤是我们的职责。"

也许是伊莎贝拉的话震撼了萨尔博，也许是病人痛苦的表情打动了他的心。最终，萨尔博同意手术。

5个小时后，手术结束了，两位患者的手术都很成功。伊莎贝拉疲惫地推开手术室的门出来，正好和萨尔博医生正面相遇，闻到他身上隐隐的酒味儿，伊莎贝拉不由得怒火中烧，气愤地瞪了他一眼，转身就走了。

身心疲惫的伊莎贝拉坐在医院的图书室里小憩，她怎么也不明白，萨尔博医生既然选择了这样一个职业，为何又要以这样消极的态度来面对自己和患者。无意中，伊莎贝拉抬头看到了墙上挂的一些老照片，其中一张是年轻的萨尔博医生正微笑着将自己胸前的一枚蓝勋章送给一个满脸泪水的小姑娘。伊莎贝拉当然认识这枚蓝勋章，它在当地是一种最高荣誉的象征。这让伊莎贝拉非常吃惊，她怎么也没想到，这样颓废的萨尔博医生竟然还是蓝勋章的获得者。

经过详细了解，伊莎贝拉才知道了真相。原来，萨尔博在克罗耶镇从医二十几年，医术高超，又甘守清贫，是当地非常有名的脑外科医生，救过不少人的命，还获得了小镇上的最高荣誉——一枚蓝勋章。那张老照片，就是他将自己的蓝勋章送给一个被他治愈的病人的女儿时拍下的。那时的萨尔博是那样意气风发，对他来说，挽救患者的生命胜于获得一切荣誉。

然而，一次暴雨后，镇上发生了泥石流，很多人都受了重伤，其中还包括萨尔博的女儿。面对奄奄一息的女儿，萨尔博医生在激烈的思想斗争后，做出了一个自私的决定，先给自己的女儿做手术。然而，事与愿违，最终，女儿还是死在了萨尔博的怀里。这件事对萨尔博的影响很大，他总认为这是上帝对自己的惩罚。从那以后，萨尔博不再相信自己的医术，终日借酒消愁。

伊莎贝拉也知道，有不少人都劝过萨尔博，说那次选择并不是他的错，换作任何一个人都可能做出那样的决定，有几个父亲愿意眼睁睁地看着自己的女儿就这样死去呢？但这样的劝解始终无法抚慰萨尔博那颗痛苦的心，他固执地认为，正是自己的私心毁灭了自己的信仰，所以才无法救活自己的女儿。

伊莎贝拉再次看到照片中的那枚蓝勋章时，感觉已经完全不同，她深知，萨尔博是名优秀的医生，只不过是暂时被一种错觉蒙蔽了心灵，一旦有一天阳光再次照进他的心房，他一定会重新成为蓝勋章的主人。

第二天的黄昏，青翠的叶子上闪着淡淡的光，伊莎贝拉摘了一片最新鲜的叶子，辗转找到了萨尔博常去的那家小酒吧。昏暗的灯光下，萨尔博医生正在独饮白兰地，影子被拉得很长，看起来很孤独。

看到伊莎贝拉，萨尔博有些意外，但很快就无所谓地淡淡一笑，说："怎么，又是来数落我的？还是来劝我的？都没用了，我喜欢这样的生活，没人可以改变我。""不，我是来把这个还给你的。我想，它不再属于您了，所以我也不能再保留它，您应该把它还给克罗耶镇。"伊莎贝拉伸出手掌，碧绿的叶子上托着一枚闪闪发光的蓝勋章。哦，是的，正是克罗耶镇上只有英雄才配拥有的蓝勋章。

"你怎么会有这个？"看着这枚蓝勋章，萨尔博一脸惊诧。

"是您送给我的，您不记得了吗？"伊莎贝拉有些激动。"那时，我还是个不谙世事的孩子，我的母亲在这个小镇上受到了致命的伤害，是您的手术刀将她从死神手里夺了回来。您在手术后笑着对她身边的那个小女孩说：'孩子，你放心。你妈妈不会死的，我以这枚蓝勋章向你保证。'您用精湛的医术挽救了孩子的母亲，又用蓝勋章来安抚了一个孩子不安的心。那时，我就在心里发誓，长大后一定要做一个像您一样伟大的医生。每个不眠之夜，我看着这枚蓝勋章，想起您的笑容，就觉得什么困难都可以克服。然而，当我终于可以拿着手术刀来向您说声谢谢的时候，您却已经放下了手术刀，我可以告诉您，现在我用这把手术刀救了不少人，也让不少孩子能够继续依偎在母亲的怀抱里，而您呢，因为您的放弃，也许有的孩子就会成为孤儿……"

"哦，是吗？"萨尔博的脸色黯淡下来，调侃的笑容变成了尴尬的沉默，他接过伊莎贝拉手里的蓝勋章，细细地抚摸，翻看，眼里流露出温柔。这枚突然出现的蓝勋章对他而言，不只是荣誉，还有那些沉甸甸的回忆。

没人知道萨尔博医生为何一夜之间突然有了那么大的变化，戒了酒，穿上了整洁的衣服，细心地诊治每一位病人，只有伊莎贝拉脸上有洞悉一切的微笑。

数日后，伊莎贝拉做了可口的甜点，到镇左大街的阿尔法教授家中，去感谢他无偿地送给她那枚珍贵的蓝勋章。喝下午茶的时候，阿尔法教授笑着问伊莎贝拉："亲爱的，你为什么那么喜欢那枚蓝勋章呢？"伊莎贝拉不好意思地说："不是的，我不是自己想要，是送给别人。"

"是吗？"阿尔法教授有些意外，善意地提醒伊莎贝拉说："那你可事先要告诉人家呀，因为我们镇上的蓝勋章背面都有获得者的签名，以证明身份。"

"啊？"伊莎贝拉呆住了，她这才想起萨尔博医生拿着那枚蓝勋章翻看时，脸色曾经有过一

瞬间的变化。

　　但，这一切已经不重要了，不是吗？伊莎贝拉记得萨尔博医生走出酒吧前曾经说过的一句话："谢谢你颁给我的蓝勋章，这一定会是我新的荣誉！"那时，萨尔博医生刚刚走到酒吧门口，落日的余晖照在他消瘦的身体上，他看上去意气风发！

我要对你说

　　罗曼·罗兰说："灵魂最美的音乐是宽容。"宽容是一种修养，更是一种美德。宽容不是胆小怕事，而是海纳百川的大度。将宽容根植于爱，有了这种爱，可以融化心头之冰，可以唤回昔日的自信。

黑熊报恩

张新平

20世纪70年代的一个秋天,我随中南森林研究组赴大兴安岭考察。汽车在雪地中艰难地行驶着,尽管越野车的轮胎宽,花纹深,并有前后驱动力,但依然在雪地上不停地打滑。

突然,前面二百多米处出现几个黑点,慢慢向我们靠近。正当我们惊疑、猜测时,鄂伦春老汉大声急呼道:"上车,赶快上车!这是群饿熊。"

恐惧中司机发动了车，加大油门，可车轮还是打滑。这时黑熊已靠近汽车，好家伙，总共6只，领头的大黑熊竟有成人那么高，一个个肚子瘪瘪的。

随行的解放军战士举起自动步枪瞄准了黑熊，"不能开枪！"老汉一把夺过他手中的枪说，"如果枪一响，它们会钻到车下或跑进树林里，那我们就完了。它们会不顾一切地咬烂车胎，把我们看起来，然后召集更多的黑熊来和我们拼命。"

"那怎么办？"大伙把目光转向老汉。

老汉说："别急。如今大雪封山了，黑熊很难找到吃的东西，一个个都饿疯了，车上不是带有吃的东西吗？"

于是，同志们七手八脚地把车上的面包、香肠、腊肉一块块地抛出车外。

6只黑熊扑上去，狼吞虎咽，很快就吃了个精光。但它们并没有离去，而是排成一排坐在雪地上，盯着汽车。老汉说："把剩下的食品都丢下去。"为了保命，我们把车上能吃的全扔了出去。6只黑熊吃的速度明显放慢了。几只熊的肚子也渐渐鼓了起来，它们的目光也慢慢温和起来。那个较大的黑熊绕着车转了一圈，便带着其余5只朝一片松林奔去。

好险哪，大伙悬着的心终于放了下来。我们又跳下车，继续推车。可用尽了全身力气，车就是不动。正当大家一筹莫展时，6只黑熊从树林里转了回来，奇怪的是每只熊的嘴里叼着一根粗大的树枝。只见黑熊把叼来的树枝，分别放在了汽车前后车轮的下面。

熊听见人叫，便朝车厢里望了望，那一双双小眼睛里，没有丝毫敌意。接着6只黑熊全钻到车底下，车子周围腾起一片白雾。熊在为汽车扒雪哩。没多久，熊又从车下钻出来，跑到汽车前边，头朝前屁股朝后排成一队，用头一起朝前拱，之后又头对头地用四只爪子向后扒雪，路

21

面很快露了出来。

老汉激动地说:"快发动车,熊在为我们扒雪。"

车走不多远又打滑了。熊又朝后跑去,把树枝叼起来重新放在车轮下,先打眼、后扒雪,如此这样反复了四五次,车走了约半里路,终于到达了坡顶。再向下是下坡了,黑熊们不再叼树枝,气喘吁吁地坐在雪地上,最大的那只黑熊坐在前面。

老汉说:"那是只老母熊,主意都是它出的。"

我们非常激动,一齐向黑熊鼓掌致敬……

我要对你说

滴水之恩当涌泉相报。对于别人的帮助,我们应当怀着一颗感恩的心,去体味那渗透心灵的温暖,用自己力所能及的力量帮助他人,惠及更多的人,这样才是对帮助过你的人最好的报答。

虚职实爱

星 竹

一位原本家境就很贫寒的女大学生从遥远的乡下来到北京上学还不到 10 天，家中就传来噩耗：父母、姐妹在制作花炮的过程中，竟然在一声爆响里全被炸死了。家中房倒屋塌，不剩片瓦。从此女大学生举目无亲，再也没有经济来源。

她含着眼泪向学校提出退学。看来这是唯一的办法。老师问她以后打算怎么办，她说家中有一亩一分地的水田，还有一头老牛。19 岁的她面临着另一种生活，回家种地，做一名乡野农妇。

老师听完哭了，同学们开始迅速地为这名还来不及熟悉的同学赞助车费。可过了几天老师告诉她，自己的爱人在学报工作，编辑部正需要一人看稿，每月 350 元。其他的钱再想办法。

她没有想到会绝处逢生，又生出这样一线希望。她点点头，再次流出了泪水。

于是，她入学 10 天便成了一名学报的编辑。当然是业余的。学校总计 8000 人，学生 6500 人。学报十天一张，稿子不多。她常闲着没稿儿看。

但工资照发，每月350。报社5个人，老张、老王、小李……人人对她都很好。她因课紧不能天天都去编辑部，居然没人找她。就是看稿也十分简单，改改错字，提些意见。她一度以为，做学报编辑真是轻松。

时光飞逝，落雨过后，又是落雪，四年的大学生活一晃而过。她始终不知道，四年中的每月350块钱，并非学报所发，而是5名编辑从工资里均摊给她的。她更不知道学校并不需要这样一位看稿编辑，一切都是为她专门设立的。

四年，没有人说破这个秘密，四年，她一直被蒙在鼓里。她离校的那天，学报的全体编辑与她合了影，从此，她的相片高高地挂在了编辑部的墙上。她走了，五位编辑突然觉得失落。到发工资的时候，他们已经习惯了将每月工资取出一部分，聚在一起。习惯了这种安慰与自我心灵的净化。献出爱心，原来是一种人生的收获和乐趣。于是他们决定，再帮助一位贫困生，将这种爱永久地延续下去。

他们又雇用了一名因交不起学费而要中途退学的山里孩子。

于是，每隔四年，他们墙壁上的合影中都要换一名新人——一位并不需要的编辑。看着墙壁上的这些合影，他们的内心总是充满了友善和爱的光芒。编辑部的工作也因此变得更有意义和乐趣。

我要对你说

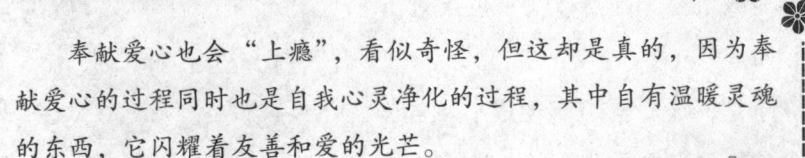

奉献爱心也会"上瘾"，看似奇怪，但这却是真的，因为奉献爱心的过程同时也是自我心灵净化的过程，其中自有温暖灵魂的东西，它闪耀着友善和爱的光芒。

人是因被爱而有价值

李阳波

有一位新老师被安排在贫民区一所偏僻的小学教书。第一天上课,她发现班上有个女孩长得相当清秀,但是身上脏兮兮的,而且有酸馊的味道。

她每天耐心地为这小女孩洗脸,发现脸洗干净后,小女孩显得精神多了。她猜想家长一定是为养家糊口而奔波劳碌,无暇照顾孩子的生活起居,她很想帮这个孩子和她的父母,而又不会伤害他们的自尊心。

有一天,她买了一条蓝色的裙子送给小女孩,小女孩开心地带着新

裙子回家了。她的爸爸看到女儿脏兮兮的，穿上那么干净、漂亮的裙子，显得极不协调，就让妻子将女儿彻底地清洗了一番，再穿上蓝裙子后，他突然发现，原来自己的女儿长得真可爱。

这位爸爸环顾四周，发现这个脏乱的家实在配不上清秀可人的小佳人，就花了几天时间，将家里打扫得干干净净，标致的女儿在窗明几净的家中，果真顺眼多了。但是，他一跨出家门，看到附近垃圾成山，藏污纳垢，又觉得不顺眼了。于是，他发动全家人，开始打扫家附近的环境，他发现干干净净的居住环境住起来还是蛮有尊严的。左邻右舍看到他这么勤劳，又看到打扫的成果，也纷纷打扫自己的家。就这样，几周之内，原来龌龊的贫民区变成了模范社区。

当一个人觉得自己一无是处时，很容易就自暴自弃，索性坏到底，就像待在一个脏乱的大环境里，再脏一点也无所谓。但是当有人付出爱，付出行动，让被爱的对象开始看到自己的美，或许他就能从那一点看到改变的曙光，甚至因这人的改变，让别人看到希望，从而走出生活的黑暗。

我相信，人不是因有价值而被爱，而是因被爱而有价值。任何人，如果感受到自己的存在是尊贵的，自然会用好的表现来衬托内在的优点。多么希望每个人都能发现自己的智慧，能够自尊的同时并得到别人的尊重。

我要对你说

人首先要先自尊、自重，才会得到别人的尊重；懂得爱惜自己，才会得到别人的关注，用实际行动成为他人的榜样。

爱心不是偶然的

李 化

在波斯尼亚的一个小村庄里，住着一个名叫弗西姆的妇人，她有两个可爱的儿子和一个善良的丈夫。她的丈夫在奥地利工作，有一天，丈夫从奥地利带回两条金鱼并把它们养在鱼缸里。

不久，波斯尼亚战争爆发了，弗西姆的丈夫为国家献出了生命，而战火也毁灭了他们的家园，弗西姆只好带着孩子到他乡逃难。临行前，弗西姆并没有忘记那两条金鱼，因为那也是两条生命啊，而且还是丈夫给自己和孩子的礼物。她把金鱼轻轻地放入一个小水坑里，然后出发了。

几年以后，战争结束了，弗西姆和孩子们重返家园，而家乡却是一

新概念阅读书坊

片废墟。弗西姆不知道怎么才能使自己的家重现生机。

忽然,她发现在她曾放入金鱼的小水坑里,浮动着点点金光,原来是一群可爱的小金鱼。它们一定是那两条金鱼的后代。弗西姆突然间看到了希望,她像看到了丈夫的鼓励。她和孩子们精心饲养起那些金鱼来。她相信,生活会像金鱼一样,越来越多,越来越好。

弗西姆和她的金鱼故事逐渐传开来。人们从各地赶来观赏这些金鱼,当然,走的时候也不会忘记买上两条带回家。也许,那金鱼象征着希望。没用多长时间,弗西姆和孩子们凭着卖金鱼的收入,过上了幸福的生活。

我要对你说

爱心可以创造奇迹。两条金鱼喻示着生命的活力、生活的希望。生命中,有时一个善举就能给绝望中的人们带来无限的希望,这就是善良的力量。

心怀一片感恩

许永礼

我一路走去,街面上东一个西一个地站着一些分发广告的年轻人。一个腼腆的女孩朝我走来,发给我两张广告。我问她:"你为什么给我两张同样的广告呢?"女孩羞涩一笑:"我们有任务的,发完这些,才可以回家。"头上是毒辣辣的太阳,我点点头,表示理解。

继续朝前走,我发现刚才那个女孩并不算贪心。一路上,有一次就塞给我三五张的,还有的盯着行人傻笑,你若冲他一乐,他便热情地走过来,给你一摞广告,便笑嘻嘻地离去。至于你如何处理这些广告,自然与他无关。

他站在太阳底下,十字路口,身上背着一只军用水壶,手上捧着一摞广告。他往行人手上递广告,一人一张,不会多给。他看上去有点黑,脸上始终呈现出真诚的微笑,他对每一个接过广告的行人说:"谢谢您。"

我伸出手去,向他索要广告,他憨厚地一笑,摇摇头:"大哥,您手上已经有不少了,我不能再给您。"我望着他,突然有点感慨:"来吧,我帮你一起发。"夜幕降临时,我们终于发完了广告。

我从兜里掏出一张名片，说："明天，你按这个地址来找我吧。"

其实，这些年轻人都是公司新近招收的大学毕业生，为磨炼他们，公司安排他们上街分发广告，旨在从中筛选出一名诚实可靠、吃苦耐劳的人做业务主管。

翌日，他走进我的办公室，穿着白色的衬衫、深色的裤子、黑色的皮鞋和袜子，衣服有些旧，但干净、朴素。我握着他的手，说："恭喜你，你就是我要举荐的人，你靠自己吃苦耐劳和诚实的精神，打败了所有的对手。"

他谦虚地笑一笑，摇摇头说："不，我没想过打败谁，您说的'吃苦'，与我得到的恩惠相比，算不了什么。我从大山里来，爹娘为供我上学卖掉了房子；在校期间，又有好心人捐助我完成了学业；一毕业，贵公司就接纳了我。我是一个被恩泽滋养起来的孩子，所以，除了感恩，除了努力做好大大小小每一件事，我没有别的选择。"

我决定竭力向公司举荐他，因为，没有谁比一个心怀感恩的人更值得信任了。

我要对你说

心里怀有感恩之情，才能以纯真良善之眼来看待生活，也就会以认真的态度来对待生活。这样的人还有什么不值得信任的呢？

一个父亲的箴言

马 德

孩子,有些话,在你长大的过程中,我要和你说说。

(1)昨天,你回来哭哭啼啼地告诉我,说一个同学又和你闹别扭了,你说事情本来不怨你的,是同学做得太过分。爸爸笑了。

依爸爸的经验,一个人要赢得另一个人很容易,那就是要学着吃亏。孩子,这个世界上没有人喜欢爱占便宜的人,但所有人都喜欢爱吃亏的人。你想着吃亏的时候,就会赢得别人;那个懂得以更大的吃亏方式来回报你的人,是你赢得的朋友。

孩子,人生的每一次付出,就像你在空谷当中的喊话,你没有必要期望要谁听到,但那绵长悠远的回音,就是生活对你的最好回报。

(2)你拿着一个高脚的玻璃杯,跳上跳下,你要注意,不要把杯子碰

碎了。一个杯子，碎了以后，就永远也不能再弥合了；更重要的是，如果你把握不好，还会割伤你的手指，让一些伤痛永久留在心里。

孩子，婚姻就像是这样一个精美的杯子。开始的时候，你不要被它外在的光怪陆离所迷惑，你要审慎地去遴选和把握。再后来，你对待它的态度就非常重要了，一个结实的杯子，是呵护出来的，你用爱去细细擦拭，它就会释放出永久的光泽。

（3）有一次，让你出去买醋，本来给你一个硬币就够了，爸爸多给了你几个。

爸爸发现，你在出门的时候，把多余的硬币悄悄地放在写字台的角上。那一刻，爸爸装作没看见，但你不知道，爸爸的内心是多么高兴。

孩子，人生的许多东西是多余的，比如钱，比如欲望，比如名声。更多的时候，得到你该要的该有的就够了，就像现在，拿走一个硬币，剩下的，在你心里淡淡地扔掉。

爸爸想说的是，因为你的舍弃，你豁然开阔的眼界里，将会发现人生中更多更美的风景。

（4）爸爸在乡下教书的那一年，咱们家的日子过得很窘迫，爸爸没有钱给你买玩具，你找来许多塑料袋，在一个塑料袋里盛满水，用针扎破了，然后你看着细细的水流流向另一个袋子，然后，再换另一个袋子，你玩得很快乐。

或许，很小的时候，你就学会了在简单的生活中寻找快乐。不错的，孩子，生活中有些东西并不容易改变，但容易改变的，是人的心情。孩子，即便你一生中什么也没有抓住，但抓住了快乐，你依旧是天底下最富有的人。

（5）爸爸为你讲一个故事。

你爷爷有一个朋友是做大买卖的，有一年他把二十几个村庄的账放在一起，用纸包好了放在了咱家里，他说他要到别的村子里去，就一拍

屁股走了。结果，一连多少年，再没有了他的消息。

爸爸上学的时候，你爷爷的肺病已经很厉害了，家里一贫如洗。好几次，你奶奶提到那个账包的事情，你奶奶的意思是挪用一下，缓一缓家里的紧张情况。你爷爷一瞪眼，说，人家凭什么敢把这么多的钱放在咱这里，说明咱的人比他的钱值钱！

孩子，你爷爷临死的时候，还是一个穷人。但他是一个响当当的穷人。爸爸把这个故事讲给你听，是希望你能明白，一个穷人应该以怎样的风骨，在这个世界上站立。

我要对你说

生活是一本读不完的哲理之书，而父亲便是你人生中第一个老师。父亲的人生哲学简单而朴素，但那些道理却值得我们品读一生。

活着就是爱

董少广

8月30日，是特蕾莎修女去世10周年的纪念日。

特蕾莎1910年出生于南斯拉夫，早年在英国受过教育，后来她决定将自己的一生奉献给天主，并远赴印度的加尔各答。她穿上穷人的衣服，一头扎进贫民窟、难民营和各种各样的传染病人之中，后又亲自创建成立了"仁爱传教修女会"。她把一切都献给了穷人、病人、孤儿、孤独者、无家可归者和垂死临终者。她坚持只有把自己变成最穷的人，被照顾的人才不会感到尊严受到损害。南斯拉夫发生内战时，当特蕾莎走进战区，双方的望远镜一望到她就立刻停了火，等到特蕾莎把那些女人和孩子带出战场后又继续打了起来。她用一颗博大的爱心，演绎着她的信仰，用自己生命的全部热情，日复一日地去关怀所有受苦受难的人。用她

自己的话说，我们常常无力做伟大的事，但我们可以用伟大的爱去做些小事。慈善是一种修养，更是一种境界，当数以万计从她那里得到恩惠的人，情不自禁地把她的事迹告诉了世界，于是很快"爱的善举感动了人类，爱的微笑征服了世界"。

特蕾莎修女说：一个有信仰、尊重生命的人，他们是这样的：当遇到一条悲惨的生命，出于对生命的尊重，自然会用他们的方式介入，哪怕只能起微不足道的作用。因为对生命的敬意应该是适用于任何生命，不管是卑贱的还是高贵的，愚蠢的还是聪明的，这种表达只是关乎于人，关乎你对生命起码的尊重。多少年来，她默默地奔走在非洲灾民的瘟疫区、海湾战争的炮火下、切尔诺贝利的核污染区……并带动了世界上千千万万的追随者。

特蕾莎并不是一个一般意义上的慈善家，因为她成立仁爱传教修女会的目的，不仅仅是为穷人和鳏寡孤独者提供衣食住处，为病人和遭灾遇难者提供医疗服务，而是要在这一切之中，给他们带去爱心，让他们感到自己有尊严。她说："除了贫穷和饥饿，世界上最大的问题是孤独和冷漠，孤独也是一种饥饿，是期待温暖爱心的饥饿。"所以，她的一生用她的话来说，是"怀大爱心，做小事情"。

1979年，诺贝尔和平奖授奖公报上说："她（特蕾莎）的事业有一个重要的特点：尊重人的个性、尊重人的天赋价值。那些最孤独的人、处境最悲惨的人，得到了她真诚的关怀和照料，这种情操发自她对人的尊重，完全没有居高施舍的姿态。"在获奖答词中她非常谦逊地回答道："这项荣誉，我个人不配领受，今天，我来接受这项奖金，是代表世界上的穷人、病人和孤独的人。"她创建的组织有4亿多的资产，世界上最有钱的公司都乐意捐款给她，全世界至少有80多个国家的元首、首脑、政府和各大领域的机构以及各个方面的国际组织，都向她颁发过崇高的荣誉和奖项，可是，她住的地方，唯一的电器是一部电话；她穿的衣服，一共只有三套，而且自己洗换。1997年9月，特蕾莎修女在印度加尔各答不幸去世的消息传出后，成千上万的普通人冒着倾盆大雨走上街头，政府宣布为她举行国葬，全国哀悼两天，特蕾莎出殡的时候，当12个印度人抬着她的遗体在大街上行进的时候，印度总理和内阁大臣全跪在地上，道路两边的人也都跪在地上……

一个除了爱一无所有的修女，特蕾莎以她伟大的人格魅力征服了所有的人，她被称为"贫民窟里的圣人"，一个世上无与伦比的圣人。我想，当一个人生活得像泥土一样朴素和真实，她本身的博大和宽厚就已经不是人们可以用世俗的道德标准来做评价的了，《菜根谭》中的一段文字确乎精妙：文章做到极处，无有他奇，只是恰好；人品做到极处，无有他亦，只是本然。

我要对你说

真正的慈善，并非是以居高临下的态度去可怜弱者，也不是对贫穷者慷慨地施与，而是像特蕾莎修女那样。心怀博大的爱，以真诚和善良去帮助别人。她存在的每一天，世界都仿佛被爱萦绕！

那些温暖的……

丁立梅

一

邻家女人上街买菜,"捡"回一老妇人。老妇人衣着整洁,虽不像久经流浪或无家可归的人,却神情呆滞。在街上见到邻家女人,就一直跟在她后面叫小毛。小毛是谁无人知晓,或许是老妇人的女儿吧。

邻家女人本想一走了之,那一篮子的蔬菜,提醒她快快回家做饭。一回头,却瞅见一张饱经风霜的脸,那脸上毫不设防地写着对他人的依恋。她的心当下软了,想,要是她不管,老妇人说不定会流落到什么地方去呢。于是,她把老妇人领回了家。

老妇人这一住,就是半个多月。这期间,邻家女人一边像对自家老人一样,好茶好饭待她,还带她去浴室洗澡,一边满世界留心哪里有寻人的广告。老妇人除了说小毛小毛外,不记得任何人和事。有人跟邻家女人开玩笑说:"你还要为她养老送终啊?"邻家女人说:

"真的那样，也无所谓啊，不过是煮饭时，多放一碗水。"不久后的一天，老妇人的女儿终于找来，对邻家女人千恩万谢。邻家女人不在意地笑着说，匀出一口饭，就能救活一条命啊。

二

晚上，去国贸大厦旁的广场散步，总看到一群快乐的人，随着音乐在空地起舞。每天都是如此。音乐的来源，原是一台旧收音机。后来换了，换成了簇新的DVD机，在一辆自行车上架着。观察过几次，发现自行车的主人是一对老夫妇。

跳舞的人是不固定的，谁高兴了都可以进去跳两圈。不断有人加进去。起初也只是一些老年人，后来一些年轻人也参与进去了。快乐在音乐中沸腾，单纯地飞扬着。

某天，我在一旁观看，终于忍不住走过去问那对老夫妇是免费来这儿放音乐的吗？他们说："是啊，每晚七点准时到。"

"瞧，这都是我们新买的碟片，买的新华书店的正版货，效果很好呢。"老妇人举着新买的碟片让我看，我看到碟片上印着飘飞的裙裾，全是些慢二或慢四的舞曲。

我倾听，效果果真很好，音乐似泉水般潺潺流出。我开玩笑说，可以适当收点费呀。老妇人笑了，收什么费呀，自己找乐子呗，看着大家高兴，我们也高兴。

原来，这世上，只要匀出自己的一分快乐，就会使另一些人甚至整个世界的人快乐。

三

小城里，蹬三轮车的人比较多。你满大街随便走着，就有车夫跟在后面殷勤地问，要车不？我曾烦过这个，觉得他们特缠人。近日却听来一个真实的故事，故事说的就是这样一群三轮车夫。他们不富裕，有的甚至很贫穷，却能自发地照顾一个不幸的老人。老人有过幸福的过去，两个儿子都成家立业了。一次车祸，却让一个幸福的家瞬间支离破碎，老人的两个儿子双双遇难。所得的赔偿金，老人分文未要，全给儿媳妇了。家产也悉数分光。孑然一身的老人，混在一群三轮车夫里，蹬三轮车谋生。但因年老体衰，再加上三天两头生病，养活自己也很难。好在有其他三轮车夫帮助着，不断送吃的用的。

这是生活在社会最底层的一些人，他们普通得常常被我们忽略，可是这个世界，却因他们身上散发出的善和暖，一点一点美好起来。现在走在大街上，我的眼睛，总是有意无意地停在一些三轮车夫身上，是他，还是另一个他，在默默匀出自己的温暖，送给他人？他们的脸上没有答案。他们一如既往，为生存奔波着，路过你身边时，还会殷勤地问，要车不？眨眼间，他们的身影，没入人群里。再走进人群，我的身前身后，总像流淌着一条温暖的河。

我要对你说

平凡的生活中，总会有那么一些平凡的人们让我们感动。他们善良的心和友好的举动，仿佛一簇簇小小的火焰，在不知名的角落里温暖地燃烧着……

公主的金手指

桂 静

那年她6岁,还是一个任性的小丫头。父亲是一个小工厂的普通工人,尽管工作勤勤恳恳、加班加点,但每月可怜的薪水仍不能改变家里紧巴巴的生活。一心为家的父亲,利用业余时间养了一群称为貂的小动物,别人都说貂皮和貂崽都有不错的卖价。

那一天,母亲没在家,父亲屋里屋外地忙乎,无暇顾及她。她一人在院子里玩,后来站在貂笼前,对着它们黑油油的眼睛看了一会儿,突然感到百无聊赖。她喊了父亲几声,父亲头也没抬地应了一声,仍手脚不停地忙着。固执而任性的她特别生气,大声冲父亲嚷:"再不理我,我就把手伸进去了!"

说完,她竟真的伸出小小的食指送到笼子里。可想而知,食肉的貂立即毫不犹豫地叼住了送上门的美餐。

听到她凄厉的叫声,父亲跑了出来。他没想到女儿真会傻傻地把手指伸进去。笼子旁边没有现成的貂食,父亲脸色苍白,想都没想,毅然将自己的手指头放到貂嘴边。貂立刻松掉了女儿的手指,扭头叼住了父亲的手指。在貂眼里,这是更大的一块肉。

就这样,父亲用自己的手指把女

儿的手指从貂嘴里及时替换出来。当他自己千方百计将手指从貂嘴里拔出时，手指淌着血，几乎被咬断了。女儿吓呆了，停止了哭，傻子一样看着父亲。

若干年后，女儿成为一名音乐系的学生，美丽的手指在钢琴上滑出流畅的旋律。一日，女儿注视着自己食指上的轻微印痕，心血来潮地问父亲当时为什么要那么做。

父亲注视着自己那根残疾、已不能弯曲的手指，说："记得小时候妈妈给你讲的《公主的金手指》的故事吧？那个公主就有一双美丽而神奇的手啊，能实现很多心愿。我当时害怕啊，心想可不能让我的公主少一根金手指啊。情急之中，就……呵呵。"父亲笑起来，女儿眼中涨满了泪。想着当年因自己的任性和无知，竟然致使父亲的手指终生残疾，如果当年不是父亲在第一时间把自己的手指"献"出来，那么今天，有着残疾丑陋手指的就是自己。父亲手上的残疾像一把刀，划在女儿的心上，也提醒她时刻记得：自己是父亲的公主，自己的手指在父亲心中就是公主的金手指。所以，她要把被父亲救出来的手指，变成真正的金手指，像父亲希望的那样，去实现很多愿望，才不枉父亲如此深挚的爱。

我要对你说

　　父亲为了女儿未来生活的美好，放弃了自己的美好，在他的眼中女儿的手指是公主的金手指，自己的则什么也不是。父爱的伟大就体现于此，金贵于子女的未来，卑贱于自己的人生。

父亲的果树

感　动

大学时，两个女孩成了我的好朋友：倩，温柔似水，对我的照顾无微不至；而雅则才华横溢，与我同在文学社里共事。大三时，倩与雅同时向我表白了爱意，面对两个同样出色的女孩，我幸福并痛苦着，不知道该如何取舍。

这个春天，我带着烦恼回到了乡下老家。

知儿莫过父。尽管我努力表现得快乐，若无其事，但父亲还是看出了蹊跷。在父亲的追问下，我说出了自己的烦恼和困惑。第二天吃过早饭，父亲让我陪他去菜园。菜园里有两棵一般高的苹果树，刚刚结出一串串指甲大小的青苹果。我站在树下，畅想到秋天的时候两棵苹果树就将硕果累累，不知道我的爱情到时候会不会也能收获。这时，父亲拿着一把剪刀站到一棵苹果树下，手起刀落，将一些幼果剪了下去。我惊讶地提醒父亲是不是剪错了，但父亲

依然自顾自剪着,直到把这棵苹果树上的果子剪落大半才离去。

看着父亲的背影,我庆幸另一株苹果树上浓密的果实未遭劫难。

临近秋天的时候,同学们纷纷联系着毕业去向,而我却依然在倩与雅的选择中挣扎着。倩要回到她出生的那座城市,去帮助开公司的爸爸,她希望我能与她一起回去;而雅则希望我能和她一起去南方的一家杂志社,并肩作战……情感的取舍应该是最难的取舍吧?我深陷在选择的煎熬中。

突然接到家里的电话,说是父亲生病了,我急忙赶回家乡。

父亲一脸憔悴,看到我,眼中闪现出喜悦,在得知我还没有做出爱情选择后,他沉默良久,然后示意我去给他摘几个苹果。我再次来到那两棵苹果树下时,惊异万分:没有被父亲修剪的那棵苹果树,只剩下稀疏可数且又青又小的苹果,而另一棵苹果树上则是红彤彤地缀满硕果。

一瞬间,我突有所悟,我知道了,我那农民父亲在用他特有的方式告诉我一个人生哲理:想要拥有果香,就该懂得割舍。

我要对你说

　　舍得一词为人们所熟知,但究其深层含义,鲜有人知,如何有所收获,有舍才有得,犹如鱼和熊掌不可兼得,舍弃的意义在于更好地获得。

火炉旁

李巧梅

冬日的夜幕渐渐低垂,月亮从苍穹里探出它苍白的面容。这时,家中的炉火慢慢散出热气。热气又慢慢向四周飘散开来,将暖意植入了房间的每一个角落。吃罢晚饭,抬出矮小方凳,我们一家人围坐在了火炉旁。炉火旺旺地燃烧,炉煤耀出夺目的金红色光彩,仅仅瞧着那光彩,心内就已淡去了几分寒意。几乎是不约而同地,几双手伸到火上,掌心朝下、手背朝上。不一会儿,炉热已将掌心烘得有些发烫了。于是,手翻过来,这次该是凉凉的手背接受炉火亲切的关怀了,这样兜兜转转、来来回回,在不知不觉中,冬日的寒意悄然退去,对季节的意识在脑海里也模糊不清了。

带着做小女儿才有的娇气,我有时会顺势倒在父亲的胳膊上,嗅着他身着的那身军装的气息,透过臂弯注视着他那双在火上熟练翻动的大手——即使是父亲最微不足道的动作,在我看来都是值得玩味的对象。有父亲在身边,我感到是那么踏实,仿佛有一个永不倒塌的力量依靠在身旁,告诉我无须惧怕什么,昭示我人生点点滴滴的欢乐。

而谈兴甚浓的父亲也不会忘记身旁的小女儿。有时候,他轻轻拿起我圆滚滚的生有冻疮的手,放进自己的

两只大手间轻轻地揉搓,动作有些粗糙,但却充满着爱,手与手摩擦产生的热力,再加上发散出来的炉热很快就让手发烫,最后忍不住了,我只能不情愿地抽回手来。

有时候,淘气的我会伸手插进父亲的外套,一点一点抚摸那里面毛衣的凹凸纹路,竟有抚摸小提琴琴弦那样的美妙感觉;或者干脆把手溜到他裤兜里去,东指指、西戳戳,肆意改变着兜的形状,犹如玩一块儿松软的橡皮泥。而父亲则通常对我的恶作剧不予介意,仿佛甘受这种"甜蜜的欺凌"。有时他会笑起来,温和地拿开我不安分的手,像是在从抽屉里移走一件珍藏的宝贝,那样的舍不得伤害它。于是,我重又乖乖地坐在了炉前,听父亲在身边谈笑风生,感受他暖意映衬下勃发的面容。真的,我愿意就这样懒散地坐着,任时光在空白中一点一点地流走,只为了在父亲身旁的那缕热意,只为了在家中炉边的那缕温情……

而流逝的时光终于也没能全然是这样的空白,但它的确慢慢地流逝了。多年以后,我读到了那句小诗:"岁月在窗外流,不来打搅……"多年以后,我学到了"炉火"在英语里就是"家"的另一种称谓。

往事拭去其上的蒙尘,我似乎又看到眼前的那一片金红……

我要对你说

冬日里,酷寒把人们赶到屋内,使一家人能聚在一起,围着暖烘烘的火炉,说说笑笑。这时,每个人都因寒冷而离家人更近一些,亲情也会更浓一些。多年以后,回想起曾经的这个场景,相信每个人的心里都会涌出一丝暖意。

大爱不爱

洋 娟

　　大家都说母亲很惯着我，也许因为我是她最小的女儿吧。她出门总是带着我。

　　有一次，她出去参加什么活动，没有带我。回来时就给我们带回来两个面包。那是参加活动者的加餐。那时候的面包是稀罕物，我高兴得举着面包直蹦。正在这时，门外传来喧闹声，好多孩子在喊："叫花子！叫花子！"我和母亲同时看见我家门外站着一个老人，衣服很脏，手里拄着一根棍子。一些孩子正往他身上扔石头。母亲转身回到屋里，走到橱柜边，打开门。我知道她要找什么，也知道她什么也不会找到。因为，我们早把东西吃光了。她站起来，回身看着我。我用乞求的眼神可怜兮兮地看着她的脸，我知道她要干什么。果然，她从我手里夺过面包，一句话不说，出去给了那个老人。我看见那老人双手作揖，蹒跚着离去；身后仍然跟着一群孩子。事后她没有任何解释。

　　后来，当我长大成人，能够和她平等交谈的时候，我提起这件事情，问她为什么那么做。她说，你在家里，他在路上。那个面包对你来说只是解馋，而对那个老人却是解饿，或者救命。所以，她问我，解馋重要还是救命要紧？我无言以对。母亲一直到死，从来没有说过一次爱我。也许正如"大善不善"，而她是"大爱不爱"吧！

　　前不久，我参加了一个聚餐会。同坐一桌的是几个家庭的成员，有大人也有孩子。当服务员小姐款款地端着一盘椒盐基围虾进来时，同桌

的一个女孩突然指着自己眼前的桌子说:"小姐,把盘子放我这!"

上菜的小姐一愣,环顾一圈就餐人的脸色。大家面面相觑,谁也没有说话,她便踌躇着把盘子放到了女孩面前。女孩便旁若无人地大吃大嚼起来。

女孩的妈妈坐在我身边,我想,她一定会对女孩说点什么吧?别人不好意思说,她还能不说?可是,直到聚餐结束,她都没有指责女孩一句,中间还特别疼爱地将女孩爱吃的其他菜夹到她盘子里。原来,她压根儿就没感觉女儿这么做有什么不妥。这种母爱的过分包容,很让我心寒。

聚餐的第二天,我接到那个女孩母亲的电话,女孩因为吃多了椒盐油腻食物得了急性胰腺炎,正在医院抢救!她在电话里泣不成声,哭得人五内俱焚。

我突然感激起我的母亲来。她永远也不会把我"爱"到胰腺炎去!甚至,她活着的时候,我连哭的权利都没有,她非常讨厌我爱哭的毛病。她临死的时候,看着我不停地流泪,她虚弱地睁开干涩的眼睛,对我说:"你别哭了,人早晚都有这么一天,别把眼睛哭坏了……"

她是从战场上的死人堆里爬出来的，一生不轻易流泪。

有一种母爱是即使子女犯了罪，她们的爱也一如既往。而我的母亲不会。在我母亲那里，爱就是教育，爱就是鼓励。

我要对你说

对亲人的关爱需要节制，要注意适当的尺度。所谓"大爱不爱"，这种爱不是放任的溺爱，也不是漠视，而是理智地给孩子以必须的爱，这是教育子女的最佳方式。一味地顺从放任只会给孩子的将来酿成苦果。

丁香花儿, 别睡觉

朱成玉

"丁香花儿,别睡觉,睡着了,你就没有香味了。"

这是我听到的那个孩子嘴里不停念叨的话,像童谣一样好听。

其实刚上车的时候,我就注意到了那个捧着丁香花的小姑娘。她四五岁的样子,扎着两个顽皮的小辫子,样子十分可爱,像小天使一样被所有人簇拥着。她很活泼,满车厢的人都愿意和她聊天,那一刻,我看到年轻妈妈的脸上满是幸福的微笑。

她的话带着天真的童趣，让我们忍俊不禁。比如有人问她家里谁说了算啊，她不假思索地说："爸爸啊，他是俺家的头。"年轻妈妈就故意拉长声音问她："真的?"她马上改口说："是妈妈，是妈妈。""你不是说爸爸是家里的头吗?""可是妈妈是家里的脖子，脖子让头朝哪转，头就朝哪转……"

　　还有人看到她嘴里的豁牙，就问她牙怎么掉了。她说："为了长出新牙啊，所以就得拔掉它。""那你的牙还疼不疼?"小女孩的回答让我们把肚皮都笑疼了："哎呀，牙齿被留在医院里了，我不知道它疼不疼啊!"

　　有人问她要去哪里，她说去看奶奶。奶奶生病了，屋子里到处都是药味，她要把丁香花放到奶奶的窗台上，让奶奶闻闻花香，奶奶的病就会好起来了。这一次我们没有笑，但却感觉她更加可爱了。

　　一个多懂事的孩子啊。因为这个小家伙，整个车厢都热闹了起来。她像一只彩色的蝴蝶，不停地扇动着快乐的翅膀，把一个完整的春天带到车厢里来。

　　因为是长途，道路又特别颠簸，小家伙好像有点累了，她躺在妈妈的怀里说："我困了，我要睡觉。"年轻的妈妈怕她睡着了会感冒，就对她说："你睡觉了，你的丁香花也会睡，丁香花睡着了，就没有香味了。"

　　"是吗?"孩子天真地说，"那我不睡了，丁香花，你也别睡觉。睡

着了,你就没有香味了。"

年轻的妈妈笑着说:"你不让丁香花睡觉,就用手给她扇风,看看香味是不是会更浓。"小女孩照着妈妈的方法试验了一下,果然,那香味浓得似乎流动起来了。我很佩服那个年轻而优雅的母亲,她懂得用优美的语言把孩子内心的花香唤醒。

我要对你说

孩子的心灵总是清澈见底,孩子的快乐也总是纯粹得让人心醉。如果我们留有孩子般的单纯,如果我们保持一颗赤子之心,那么,生活中永远不缺乏美丽。

梯 子

周 粲

年轻的爸爸和他的儿子一起在后花园放风筝。小小的园地，小小的风筝。

小小的风筝飞呀飞的，就飞到了墙头上。墙头上的野花，把风筝紧紧地缠着。

于是爸爸说，必须去拿一架梯子来，然后爬上梯子，取下墙头上的风筝。

爸爸要爬上梯子,但是儿子说:"爸爸,让我来吧!"

爸爸看了看他9岁的儿子,想了又想,终于说:"也好,让你来就让你来。"

猴子一般地,儿子爬到梯子的最高一级了。

儿子转过头来,嘻嘻地笑。他的笑声,像用早晨的牵牛花吹出来的。

解开了风筝绕在野花上的线,正要下来,爸爸却用一只大手和一个声音制止了他。爸爸说:"慢着!"

儿子停住了,望着爸爸,用眼睛问爸爸:"怎么啦?"

爸爸说:"我先讲个故事给你听,听完了你再下来。"

于是儿子笑得更开心,他一手抓住梯子,一手拿着风筝,等爸爸讲故事。爸爸讲的故事,没有一次是不好听的。

爸爸说:"从前有个爸爸,告诉他那个站在一架很高很高的梯子上的儿子说:你跳下来,你一跳下来,爸爸一定会在下面把你抱住。听见爸爸这么说,儿子很放心,就像游泳时跳进水里去一样,纵身一跳。哪知道当儿子就要投进爸爸的怀抱里的前一秒钟,爸爸的身体一闪,站在一旁。儿子扑了个空,掉在地上,屁股差一点'开花'。儿子哭哭啼啼地站起身来,问爸爸为什么要骗他。爸爸说:我要给你一个教训,连你爸爸的话都靠不住,别人说的话,更不必说了。"停了一停,爸爸继续说:"我们也来照着做一次好不好?"

儿子一听,脸都变白了。

爸爸说:"不要怕,勇敢一点,你只要跳那么一次就行了。我要你留下深刻的印象,免得你以后长大了,容易上人家的当。"

但是儿子显然并没有被爸爸的话所说服。他脸上惊愕的表情丝毫没有消退,然而他还是不敢违抗命令。他站在那儿,动也不敢动。

爸爸开始发号施令了:"听着啊,我喊一二三,喊到三的时候,你

53

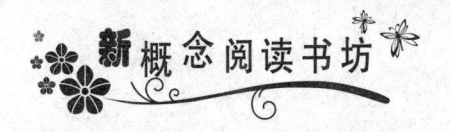

就跳下来!"

站在梯子上,儿子的脸像一个还没有熟透的橘子。

爸爸喊了:"一……二……三!"

咬紧牙根,忍着泪,儿子从梯子上跳下来了。他等待着自己的身体像一个南瓜,"噗"的一声,摔得支离破碎……

然而,好奇怪!爸爸的手竟然没缩回去,他的身体也没移开。他还是定定地站在原来的地方,把掉到他两手中的儿子,牢牢固固、结结实实地接住了、抱住了。

儿子虽然不曾受伤,但是他的神情,比刚才还要疑惑,他睁大了眼睛问:"爸爸,你为什么骗我?"

爸爸笑出声来。爸爸说:"爸爸要让你知道:即使是别人的话,有时也是可以信任的,何况是爸爸的话呢!"

所有的玫瑰花,都回到儿子脸上。他搂住爸爸,不住地吻爸爸的双颊。

爸爸和儿子拉着风筝,向后园的一角跑去。

我要对你说

文中的爸爸让儿子用亲身体验去体会人生中的深刻道理,相信这可以让儿子铭记一生。父亲的教育方式,总是那么奇怪,而教育的效果却出奇地好。

母爱的力量

吉姆·斯陶沃

一天，生活在山上的部落突然对生活在山下的部落发动了侵略，他们不仅抢夺了山下部落的大量财物，还绑架了一户人家的婴儿，并把他带到山上。

可是山下部落的人们不知道怎样才能爬到山上去。他们既不知道山上部落平时走的山道在哪里，也不知道到哪里去寻找山上部落，甚至不知道如何去发现他们留下的踪迹。

尽管如此，他们还是派出了部落中最优秀、最勇敢的战士，希望他们能够爬到山上去，找回孩子。

他们尝试了一个又一个方法，搜寻了一个又一个可能是山上部落留下的踪迹。他们用尽了所有能想到的办法，但几天的艰苦努力也不过才前进了几百英尺。他们感到一切努力都是无用的、没有希望的，他们决定放弃搜寻，返回山下的村庄。

正当他们收拾好所有的登山工具准备返回时，他们看到

被绑架孩子的母亲向他们走来，而且是从山上往下走。他们简直无法想象她是怎么爬上山的。

待孩子的母亲走近后，他们才看清楚她的背上用皮带绑着那个他们一直在寻找的孩子。哦，真是不可思议，她是怎么找到孩子的？这个部落中最优秀、最勇敢的战士都迷惑不解。

其中一个人问孩子的母亲："我们是部落中最强壮的男人了，我们都不能爬到那座高山上去，而你为什么能爬上去并且找回孩子呢？"

孩子的母亲平静地答道："因为那不是你们的孩子！"

我要对你说

母爱的力量是巨大的，它可以克服一切艰难险阻，不论是刀山还是火海，只要是为了自己的孩子，母亲都会义无反顾地、坚强地走下去。母亲勇敢地为孩子驱散来自各方的危险和困难，为孩子撑起一片蓝天。

生命的感动

赵 丽

早在两三岁的时候，儿子就从他奶奶那里得知他是从妈妈肚子里生出来的，还看见了妈妈肚子上那一条像蜈蚣似的吓人的疤痕。直到偶尔有一天从电视上看到做手术的真实场面时，他用他的小手把我的头从电视上扭转过来，很郑重地问我："妈妈，你生我的时候肯定流了很多血吧！"

"嗯。"

"有多少你跟我说嘛。"

"好几大碗呢，"我只想尽快地把他搪塞过去，"喏，像电视里的那么多。"其实，电视里只是血淋淋的，并没显示有多少。

"到底有几大碗？"儿子一脸认真地问。

这下倒把我给难住了，说好几大碗本来就夸大其词，说一两碗就等于是砸了自己的脚。我只有含糊地说："我记不清了，当时我都疼晕过去了。"

"晕了几天？"

"7 天。"我脱口而出。显然不符合事实，我赶紧更正补

充说:"晕了整整一天一夜,接着就发高烧,躺在医院病床上打了三天吊针,一瓶接一瓶的;7天刀口才拆线,在医院住了十多天才回到家。"

儿子低垂着眼帘,很显然他在细细地咀嚼我那并不夸大的事实但略显有些夸张的表情和语气。

我的眼光还没来得及停留在电视机屏幕上,儿子的一双小手又把我的脸扭转过来,一字一句地说:"妈妈,我以后再也不烦你了!"

心似乎被谁刺了一下,我已泪眼模糊。

我要对你说

　　母亲为了一个新生命的降临,付出了许多的代价,这就是母亲的责任。当孩子体味到母爱的真诚可贵时,也会无比地疼惜母亲。母子之间的故事看似简单平凡,但却是人类生命中最幸福的感动。

Chapter 2 第二章

理解的幸福

母爱,是世界上最博大无私、最深厚沉重的一种爱。人世间,有什么姿势能比母爱的姿势更情意绵绵,更足以使子女享用一生呢!

爱的故事

安妮·尼尔森

一个失去了双亲的小女孩与奶奶相依为命,住在楼上的一间卧室里。一天夜里,房子起火,奶奶在抢救孙女时被火烧死了。大火迅速蔓延,一楼已是一片火海。

邻居已呼叫过火警,无可奈何地站在外面观望,火焰封住了所有的进出口。小女孩出现在楼上的一处窗口,哭叫着救命,人群中散布着消息:消防队员正在扑救另一场火灾,要晚几分钟才能赶来。

突然,一个男人扛着梯子出现了,梯子架到墙上,人钻进火海之中。他再次出现时,手里抱着小女孩,然后把孩子递给了下面迎接的人群,男人却消失在夜色之中。

调查发现,这孩子在世上已经没有亲人了,几周后,镇政府召开群众会议,商议谁来收养这孩子。

一位教师愿意收养这孩子,说她保证让孩子受到良好的教育。一个农夫也想收养这孩子,他说孩子在农场会生活得更加健康惬意。其他人也纷纷发言,论说把孩子交给他们抚养的种种好处。

最后，本镇最富有的居民站起来说话了："你们提到的所有好处，我都能给她，并且能给她金钱和金钱能够买到的一切东西。"自始至终，小女孩一直沉默不语，眼睛望着地板。

"还有人要发言吗？"会议主持人问道。这时一个男人从大厅的后面走上前来，他步履缓慢，似乎在忍受着痛苦。他径直来到小女孩的面前，朝她张开了双臂。人群一片哗然，他的手上和胳膊上布满了可怕的伤疤。

孩子叫出声来："这就是救我的那个人！"她一下子蹦起来，双手死命地抱住了男人的脖子，就像她遭难的那天夜里一样。她把脸埋进他的怀里，抽泣了一会儿，然后抬起头，朝他笑了。

"现在休会。"会议主持人宣布……

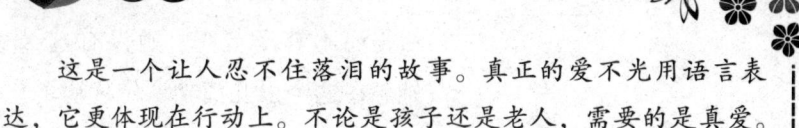

我要对你说

这是一个让人忍不住落泪的故事。真正的爱不光用语言表达，它更体现在行动上。不论是孩子还是老人，需要的是真爱。真爱无言，于心深处。

答　案

纳　兰

有个孩子对一个问题一直想不通：为什么他的同桌想考第一，一下子就考了第一；而他也想考第一，却只考了全班第二十一名？回家后他问："妈妈，我是不是比别人笨？我和他一样听老师的话，一样认真地做作业，可为什么我总比他落后？"

妈妈听后非常悲伤。因为她感觉到儿子开始有自尊心了，而这种自尊心正在被学校的排名伤害着。应该怎样回答儿子的问题呢？有几次，她真想重复那几句被上万个父母重复了上万次的话——你太贪玩了；你在学习上还不够勤奋；和别人比起来还不够努力，以此来搪塞儿子。然而，像她儿子这样，脑袋不够聪明，在班上成绩不甚突出的孩子，平时活得还不够辛苦吗？她没有这么做，她想在这个以几门功课定优劣的应试时代，为儿子的问题找到一个完美的答案。

儿子小学毕业了，虽然他比过去更加刻苦，但依然没赶上他的同桌，不过与过去相比，他的成绩一直在提高。为了对儿子的进步表示赞赏，她带他去了一次海边。就在这次旅行中，母亲回答了儿子的问题。

现在这个孩子再也不担心自己的名次了,也再没有人追问他小学时成绩排第几名,因为去年他以全校第一名的成绩考入了清华。寒假归来的时候,母校请他给同学及家长们作一个报告。他讲了小时候的一段经历:"我和母亲坐在沙滩上,她指着前面对我说:'看那些在海边争食的鸟儿,当海浪打来的时候,小灰雀总能迅速地起飞,它们拍两三下翅膀就升入了天空,而海鸥总要很长时间才能升空,然而,真正能飞越大海飞越大洋的还是它们。'"

这个报告使很多母亲流下了眼泪,其中也包括他的母亲。

我要对你说

也许只有深爱着孩子,并懂得教育孩子的母亲才能说出如此深刻而富于哲理的话吧,这个答案中包含了母亲深深的期盼,她期待着儿子飞越大海飞越大洋,她的苦心没有白费,懂事的孩子也没有辜负母亲的良苦用心。

月光下的蛙鸣

朝 阳

十几年前一个寻常的夏天,我枕戈待旦地准备参加这一年的高考。在那样一个年代里,高考直接决定着一个青年一生的命运。我的情况更特殊,三岁时失去了父亲,是母亲含辛茹苦地把我带大的。苦难中的母亲,眼巴巴地盼着我能高考得中。我也想,如果能在这一年如愿以偿,正是对母亲最好的报答,能减轻母亲经济上和精神上的压力。

但竞争是残酷的,同学们都在头悬梁锥刺股,焚膏继晷地苦战,你追我赶。母亲见我面容憔悴,很心疼。我家离学校不远,她就跟老师说情,说寝室里吵闹,让我回家住,好早晚照料我,给我增加营养。

那段时间里,她杀光了家中三十几只鸡,想尽一切办法给我增强体质。

我房间的后窗正对着屋后的一方池塘,正是燥热的6月,夜晚,一池塘的青蛙叽叽呱呱、呼朋引伴,叫声格外响亮悠远。一池的蛙声就这样紧紧缠住我的一双不幸的耳朵,此起彼伏地一次又一次将我惊醒。

渐渐地,蛙声不再吵闹了。每夜都有香甜的梦。但是,母亲却变了,日日坐在椅子上打盹。一天,隔壁的大妈偷偷地

拉住我,悄悄跟我说:"你妈为了让你睡好觉,夜夜替你赶青蛙呢。"我将信将疑。

第二天夜里,月光下的池塘边上,我真的看见了我的母亲。

母亲手拿一根长长的竹竿,轻轻地敲打池塘边的每一处草丛,做得认真且虔诚。她绕着池塘一圈圈小心地走着,一遍遍用竹竿仔细地敲打。有时她停下来,站一会儿,轻轻地咳嗽几声,用手捶捶背。月光把她的白发漂洗得更白。我大声喊母亲,母亲却听不见,她全神贯注于手中的竹竿,生怕遗漏一处蛙声……

一直到现在,我仍然坚信,有一种爱,能唤起一个人内心潜在的力量,帮助你去战胜一切困难。这一年的高考,我被大学录取了。很多年已经过去,蛙声也一点点远逝。可是,我觉得它时时都在我的枕边,一声声,像不倦的提醒和教诲,给我许多人生的激励。

我要对你说

为了孕育我们,母亲牺牲了自己的青春;为了哺育我们,母亲放弃了自己的梦想;为了教育我们,母亲献出了自己的一生。我们在母爱的光环下,怎能不感激涕零,怎能不发愤图强去回报亲情呢?

我的初中老师

王 宾

时间匆匆而过，在我记忆的天空里许多人都已经烟消云散了，然而，唯有一个身影如此清晰地存在于我记忆的最深处。她，便是我上初中时的班主任——赵老师。

那一年，我们家刚从乡下迁到城里，也恰在那一年，我考上了初中。为了方便省事，我转学到了离家不远的一所初中。

开学那天，从学校的新生榜上，我知道了自己被分到了初一·一班。我怀着一种紧张的心情走进教室，随便找了一个位子坐下。教室里倒是显得比较安静，毕竟刚跨入一个崭新的环境，同学们互相都很陌生。这时，一个不算太高略微有点儿胖的身影来到了教室门口，这便是我第一次见到赵老师时留下的印象。她大约有五十多岁的样子，两鬓已有缕缕华发，圆圆的脸上带着母亲般慈祥的微笑，眼睛不太大，却很有神，使人一看就知道这是一个精干、负责任的人。

以后的日子，证明了我对赵老师的印象是正确的。赵老师是我们的语文老师，她的文学功底很深，讲起课来旁征博引，妙趣横生，很是生动。在她的教导下，几乎每次考试，我们班的语文成绩都排在年级的前几名。记得那年下学期，学校组织了一次演讲比赛，结果前三名中我们班占了两名。也许是赵老师的年纪大，再加上她脾气好，在同学们心里，她就像是一个慈祥的母亲，无微不至地照顾着我们。20世纪90年代初期消费水平很低，母亲一个礼拜给我10元钱的生活费，不但用不完，还能剩一点去买点别的东西。有一天，班里一位同学十分不幸，刚从家回来没多久（那些离家远一点的同学，都是住校的），身上装的一个星期的饭票突然不见了，这位同学急得大哭。赵老师知道后，马上把他领到了办公室，好言劝慰，还从自己身上拿出钱来给了这位同学。

　　赵老师虽然脾气好，却极坚持原则。她要是真的发起脾气来，没有人不胆战心惊的。除了教我们语文，赵老师还常常利用一些课余时间，给我们讲做人的道理，教育我们做人要诚实、踏实，不要弄虚作假。说到这里，倒让我又想起了一件事：有一次，年级搞了一个小测验，结果我们班一个同学用小纸条抄袭被赵老师逮个正着。这下子完蛋了，考试结束后，一向慈祥的赵老师发火了，狠狠地批评了那位同学，因为她不允许自己的学生取得成绩的方式是作弊，而要凭借自己的真本事。那次考试，赵老师要求我们班排名倒数第一，那也是我们班唯一的一次倒数。从那以后，我们班不管参加什么样的考试，都没有人抄袭，因为每个人在心里都记住了赵老师的那句话：做人要诚实，不要弄虚作假！

　　岁月如梭，十几年过去了，许多老师甚至连名字都忘了，唯有慈祥的、好似母亲般的赵老师的身影，却始终清晰地铭刻在我的心底，它是那样的高大，那样的温柔，时刻给我激励。

我要对你说

　　成长中难免遇到困难，但老师却能给你爱的馈赠，为你人生之路的顺畅提供帮助，把光明的方向指引给你，即使在黑夜中也不会迷路。这就是老师在平凡岗位上造就的辉煌。

老师领进门

刘绍棠

那是1942年新春,我不满6周岁,到邻村小学读书。

这所小学坐落在关帝庙的后殿,只有1位老师,教4个年级,4个年级4个班,4个班只有40人。

老师姓田,私塾出身,后来到县立简易师范速成班受训3个月,17岁就开始了小学老师生涯。田老师执教40年,桃李满天下,弟子不下三千,今年已届古稀,他退休回归故里已经10年了。

田老师很有口才,文笔也好。

开学头一天,我们叩拜大成至圣先师孔夫子的木主之后,便排队进入教室。每个一年级小学生,配备一位三年级的学长带笔。田老师先给二年级和四年级学生上课,就命令三年级的学长把着一年级学弟的小手,描红摹纸。

红摹纸上,一首小诗:

一去二三里,
烟村四五家。
亭台六七座,
八九十枝花。

田老师先把这首诗念一遍，串讲一遍；然后，以这四句诗为起承转合，编出一段故事，娓娓动听地讲起来。

我还记得，故事的大意是：

一个小孩儿，牵着妈妈的衣襟儿，去往姥姥家，一口气走出二三里；眼前要路过一个小村子，只有四五户人家，正在做午饭，家家冒炊烟；娘儿俩走累了，看见路边有六七座亭子，就走过去歇脚；亭子外边，花开得茂盛，小孩儿越看越喜爱，伸出指头点数儿，嘴里念叨着："……8枝，9枝，10枝。"她想折下一枝来，戴在耳丫上，把自己打扮得像个迎春小喜神儿；她刚要动手，妈妈喝住她，说："你折一枝，他折一枝，后边歇脚的人就不能看景了。"小孩儿听了妈妈的话，就缩回了手。后来，这8、9、10枝花，越开越多，数也数不过来，此地就变成一座大花园……

这个故事，有思想，有人物，有形象，有情趣。

我听得入了迷，恍如身临其境，田老师戛然而止，我却仍在发呆；直到三年级学长捅了我一下，我才惊醒。

那时候的语文叫国文，田老师每讲一课，都要编一个引人入胜的故事；一、二、三、四年级的课文，都是如此。我在田老师门下受业4年，听到上千个故事，有如春雨点点入地。

从事文学创作，需要发达的形象思维，丰富的想象力，在这方面田老师培育了我，给我开了窍。

我回家乡去，在村边、河畔、堤坡，遇到老人拄杖散步，仍然像40年前的一年级小学生那样，恭恭敬敬地向他行礼。谈起往事，我深深感念他在我那幼小的心田上播下文学的种子。老人摇摇头，说："这不过是无心插柳柳成荫。"

十年树木，百年树人；插柳之恩，我怎能忘。

我要对你说

教师，是人类文明的传播者，所以教师是天下最为神圣的职业。老师总是用无私的爱默默无闻地成就着学子的前程，在循循善诱中，浓浓的"插柳之恩"让人感动。

师恩浩荡

苗 壮

每年的教师节，我都要给远隔千里的张老师寄一张亲手绘制的贺卡，每次贺卡上都少不了四个字——师恩浩荡。多少年来，这四个字不仅使我时时回忆起张老师对我的教诲，更重要的是，这四个字还时时提醒我要努力去做一个好老师。

那是15年以前的事情了，当时我的父母为了让我受到当地最好的教育，把我从村小学转到了镇上的一所中心小学。不知怎么，自从转到镇上上学后，我的学习成绩直线下降，这可急坏了我的父母。

更为恼人的是，有时有些同学故意模仿我结巴的样子来取笑我，使得原先就有些轻微口吃的我竟然成了一个十足的口吃患者。当我在课堂上回答老师的提问时，全班同学便哄堂大笑。但是农村孩子特有的倔犟脾气和争强好胜的性格驱使我不肯轻易认输。他们越是在课堂上取笑我，我就越要踊跃发言，我要证明自己不比他们差。其实，有时老师提的问题我根本就不会，但我还是冒着很大的风险踊跃举手，以此表现自己，证明自己，超越自己。就这样，我以自己特有的方式在心里和他们暗暗较量着。

不久，这事情露馅了。由于我太心急，老师刚提完问题，我就迫不及待地举起了手，老师见我举着手就让我站起来回答，结果我一句话也说不出来……他们更加取笑我了，很快我就败下阵来。后来，别说不会的问题了，就连会回答的问题，只要老师一叫到我的名字，我就紧张得什么都忘记了。我的学习成绩从此一落千丈，结巴也变得更加严重起来，我开始哭、闹，央求父母把我带回村里的小学。

好在这时班主任张老师发现了我的这种反常现象。一天，她把我单独叫到她的办公室，告诉我，她已经注意我好长一段时间了。她关切地问我："你在课堂上回答老师的提问时，是不是对老师提出的问题没有想好就举手了？"我沉默着。"你是不是因为结巴，站起来回答问题时感到很慌张？"我还是沉默着。"你是认为不举手怕老师说你不认真听讲，还是怕其他的同学取笑你？"我继续沉默着。但我开始觉得她很懂我的心事了。张老师又说道："苗壮，不要害怕，老师找你来是跟你谈心的，绝不是为了批评你。请你跟老师说实话，让我们一起来渡过目前的难关。请你告诉老师，当站起来回答不出老师的问题时，你心里是怎么想的呢？""很难过。其实有时候我是知道答案的，可站起来一紧张又忘了！"张老师笑嘻嘻地望着我，她人本来就长得漂亮，那可是天下最美丽的一张脸呀，但是我最不能忘却的却是当时那句令我终生难忘的话："苗壮，咱俩约定一下好吗？当你对老师提的问题有把握时，你就举左手，老师就会请你第一个发言，让老师和同学们一起来分享你的成功；如果你没想好问题而又想举手，你就举右手，老师就会请别的同学发言，你也可以分享一下别人的成功，你看这样可以吗？"我什么也没说，只是轻轻地对张老师点了点头。走出她的办公室后，我的泪水夺眶而出……

有了这份约定，有了这份默契，有了这份鼓励，在以后的日子里，我和张老师彼此保守着这个秘密，两人"合作"得很好。到第二个学期结束的时候，我的学习成绩竟然跃居全班

第一，结巴也不治而愈了。现在想来，我是多么的幸运啊：在我跌入低谷时，在我自暴自弃时，万分幸运地遇到了张老师。可以这样说，正是那次谈话，正是那个小小的约定，把我从悬崖边上拉了回来……

一晃十五六年过去了，张老师也老了，但是在我的心目中，她依然是那样的美丽。如今，她当年的学生，也已经当了 8 年的老师了。8 年来，"师恩浩荡"这 4 个字始终引导着我，激励着我，鞭策着我，告诉我一定要努力去做一个像张老师那样的好老师！

师恩浩荡！

我要对你说

小小的合作，使一颗无助的心得到了莫大的鼓舞，这就是浩荡的师恩——即使平凡的话语也可能激励人的一生，即使些许的付出也将成为爱的海洋。聆听那谆谆教诲，感受老师的爱。

高贵的施舍

杨汉光

一个乞丐来到我家门口,向母亲乞讨。这个乞丐很可怜,他的右手连同整条手臂断掉了,空空的衣袖晃荡着,让人看了很难受。我以为母亲一定会慷慨施舍的,可是母亲却指着门前一堆砖对乞丐说:"你帮我把这堆砖搬到屋后去吧。"

乞丐生气地说:"我只有一只手,你还忍心叫我搬砖,不愿给就不给,何必刁难我?"

母亲不生气,俯身搬起砖来。她故意只用一只手搬,搬了一趟才说:"你看,一只手也能干活儿。我能干,你为什么不能干呢?"

乞丐怔住了,他用异样的目光看着母亲,尖尖的喉结像一枚橄榄上下滚动,终于俯下身子,用仅有的一只手搬起砖来,一次只能搬两块。他整整搬了两个小时才把砖搬完,累得气喘吁吁,脸上有很多灰尘,几绺乱发被汗水润湿了,斜贴在额头上。

母亲递给乞丐一条雪白的毛巾。乞丐接过去,很仔细地把脸和脖子擦了一遍,白毛巾变成了黑毛巾。

母亲又递给乞丐20元钱。乞丐接过钱,很感动地说:"谢谢你。"

母亲说:"你不用谢我,这是你自己凭力气挣的工钱。"

乞丐说："我不会忘记你的。"他向母亲深深地鞠了一躬，就上路了。

过了很多天，又有一个乞丐来到我家门前向母亲乞讨。母亲又让乞丐把屋后的砖搬到屋前，照样给他20元钱。

我不解地问母亲："上次你叫乞丐把砖从屋前搬到屋后，这次又叫乞丐把砖从屋后搬到屋前。你到底是想把砖放在屋后还是屋前？"

母亲说："这堆砖放在屋前和屋后都一样。"

我生气地说："那就不要搬了。"

母亲摸摸我的头说："对乞丐来说，搬砖和不搬砖可就大不相同了。"

此后又来了几个乞丐，我家那堆砖就屋前屋后地被搬来搬去。

几年后，有个很体面的人来到我家。他西装革履，气度不凡，跟电视上那些大老板一模一样。美中不足的是，他只有一只左手，右边是一条空空的衣袖，一荡一荡的。

他握住母亲的手，俯下身说："如果没有你，我现在还是个乞丐；因为当年你叫我搬砖，今天我才能成为一个公司的董事长。"

母亲说："这是你自己干出来的。

我要对你说

一味地施舍，只会让一颗卑微的心灵更加甘于贫困，而付出劳动后的收获，却让乞丐体会到什么是尊严，什么是劳有所获。他凭着那份自信，用仅有的一只左手，同样描绘出绚丽多彩的人生画卷。

母亲的信念

陈文英

有一个女孩，没考上大学，被安排在本村的小学教书。由于讲不清数学题，不到一周就被学生轰下了台。母亲为她擦了擦眼泪，安慰她说："满肚子的东西，有人倒得出来，有人倒不出来，没必要为这个伤心，也许有更适合你的事情等着你去做。"

后来，她又随本村的伙伴一起外出打工。不幸的是，她又被老板轰了回来，原来是剪裁衣服的时候，手脚太慢了，品质也过不了关。母亲对女儿说："手脚总是有快有慢，别人已经干很多年了，而你一直在念书，怎么快得了？"

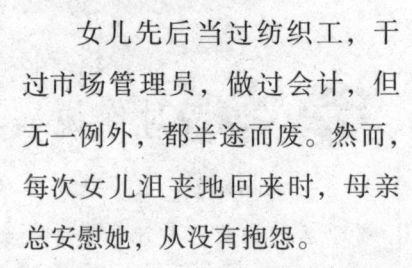

女儿先后当过纺织工，干过市场管理员，做过会计，但无一例外，都半途而废。然而，每次女儿沮丧地回来时，母亲总安慰她，从没有抱怨。

30岁时，女儿凭着一点语言天赋，做了聋哑学校的辅导员。后来，她又开办了一家残障学校。再后来，她在许多城

市开办了残障人用品连锁店，这时的她已经是一个拥有几千万资产的老板了。

有一天，功成名就的女儿凑到已经年迈的母亲面前，她想得到一个一直以来想知道的答案。那就是前些年她连连失败，自己都觉得前途渺茫的时候，是什么原因让母亲对她那么有信心。

母亲的回答朴素而简单。她说：一块地，不适合种麦子，可以试试种豆子；豆子也长不好的话，可以种瓜果；如果瓜果也不济的话，撒上一些荞麦种子一定能够开花。因为一块地，总有一粒种子适合它，也终会有属于它的一片收成。

听完母亲的话，女儿落泪了。她明白了，实际上，母亲恒久而不绝的信念和爱，就是一粒坚韧的种子；她的奇迹，就是这粒种子执着而生长出的奇迹。

我要对你说

多么善良、睿智的母亲，多么感人的故事。坚韧的母亲给予子女的不仅仅是简单的嘘寒问暖，更是一种生命的支撑。有了这份爱，儿女们便拥有了生活的航向标。

女儿渡

黄 维

我和我的女友在江南水乡坐过一回渡船。那一回有一个孕妇躺在船上,垫一床花被,盖一床花被,一个老妈妈和一个男人守在孕妇身边。

船往远处的市镇摆去,孕妇要分娩了,苦不堪言,痛不堪言。她边喊疼边说:"妈妈啊,干吗要生我是个女儿身?!"她折腾着、挣扎着,说:"我下辈子再也不要做女人了,做女人受罪啊!"老妈妈抓住她的手,男人也抓住她的手。老妈妈叫她别喊,省点力气,孕妇就痛苦地呻吟着。船公轻轻地摆渡,清清的河水轻轻地托着船。女朋友受惊吓似的,不再敢依偎我。

仅仅是一会儿,孕妇受不了这阵痛,又喊叫了起来,她对着丈夫说:"你害苦了我!"旁边的男人叫二狗子,是她的丈夫。男人做错事一般,替妻子抹抹汗,妻子一把咬住他的手,不再喊叫。男人的手有血渗出,他也不说疼。到岸了,我们也帮忙将孕妇送去医院并在产房外陪着守候,听说她分娩了才离去。她生了个女儿,分娩时休克过去。女朋友没见过这一幕,她说:"维,我们结婚不要孩子好吗?"她是被吓怕了。

几天后我们又坐这条渡船,我向船公打听那对母女回来了没有。船公问我哪对母女,我说就是几天前在船上喊做女人受罪的那位女人,她生了个女儿。船公说昨天刚回,一家子可高兴了。船公向我描述了这幅景致:

那女子抱着女儿，说："丫头好哩，长大了帮妈妈洗衣做饭，再长大了，就嫁出去当妈妈。"她丈夫说："还好哩，你记得在船上要生时你是怎么说的?"女子问道："我怎么说了?"男人就学着她的腔调，说："你害苦了我!"

女子说："我说的吗？我不可能这样说。"女子否认了，看上去女子又幸福又满足。女子说她丈夫："是不是你瞎编的?"男人就叫船公作证。

我问船公："你作证了?"船公说："作啥证啊，女子都这样，出去时还是女儿，叫苦连天，回来时当了妈，幸福得什么都忘了。"船公又说："要不，怎么叫女儿渡啊!"

女儿渡，妙极了，这一个来回，一个女子就脱胎换骨当了妈妈。

不久，女朋友生日，她带着我从城里回到她乡下老家，和她妈妈一起过。她对妈妈说："谢谢您，妈妈，谢谢您给了我生命!"我为之激动。过后我问她，以前为什么没有谢过妈妈，她说在女儿渡上，才知道妈妈生她不容易。她轻轻伏在我的肩头，悄悄说，结婚后我也要生个孩子，因为当妈妈幸福。

我要对你说

婉约细致的山水江南，轻巧灵秀的江南女子，竟赋予这渡口一个如此风情万种的名字——女儿渡。一湾清浅的湖水，一只玲珑的小船，在人生的渡口中来回摆渡。出发时满载着无限的希望，回归时，满载着喜悦和甜蜜。

理解的幸福

叶广芩

那是1956年,我7岁。

7岁的我感到家里发生了什么大事。

我从外面回来,母亲见到我,哭了。母亲说:"你父亲死了。"

我一下懵了。我已记不清当时的自己是什么反应,没有哭是肯定的。从那时我才知道,悲痛至极的人是哭不出来的。

父亲突发心脏病,倒在彭城陶瓷研究所——他的工作岗位上。

母亲那年47岁。

母亲是个没有主意的家庭妇女,她不识字,她最大的活动范围就是从娘家到婆家,从婆家到娘家。临此大事,她只知道哭。当时母亲身边有4个孩子,最大的15岁,最小的3岁。弱息孤儿唯指父亲,今生机已绝,待哺何来!

我怕母亲一时想不开而走绝路,就时刻跟着她,为此甚至夜里不敢熟睡,半夜母亲只要稍有动静,我便腾地一下坐起来。这些,我从没对母亲说起过,母亲至死也不知道,她那些无数凄凉的不眠之夜,有多少是她的女儿暗中和她一起度过的。人的长大是突然间的事。经此变故,我稚嫩的肩开始分担家庭的忧愁。就在这一年,我带着一身重孝走进了北京方家胡同小学。这是一所老学校,在有名的国子监南边,著名文学家老舍先生曾经担任过校长。我进学校时,绝不知道什么老舍,我连当时的校长是谁也不知道,我只知道我的班主任马玉琴,是一个梳着短发的美丽女人。在课堂上,她常常给我们讲她的家,讲她的孩子大光、二光,这使她和我们的距离一下拉得很近。

在学校,我整天也不讲一句话,也不跟同学们玩,课间休息的时候就一个人或在教室里默默地坐着,或站在操场旁边望着天边发呆。同学们也不理我,开学两个月了,大家还叫不上我的名字。我最怕同学们谈论有关父亲的话题,只要谁一提到他爸爸如何如何,我的眼圈马上就会红。我的忧郁、孤独、敏感很快引起了马老师的注意。有一天课间操以后,她向我走来,我的不合群在这个班里可能是太明显了。

马老师靠在我的旁边低声问我:"你在给谁戴孝?"

我说:"父亲。"

马老师什么也没说,把我搂进她的怀里。

我的脸紧紧贴着我的老师,我感觉到了由她身上散发出来的温热和那好闻的气息。我想掉眼泪,但是我不想让别人看见我的泪,我就强忍着,喉咙像堵了一大块棉花,只是抽搐,发哽。

老师什么也没问,老师很体谅我。

一年级期末,我被评上了三好学生。

为了生活,母亲不得不进了家街道小厂糊纸盒,每月可以挣18块钱,这就为我增添了一个任务,即每天下午放学后将3岁的妹妹从幼儿园接回家。有一天临到我做值日,扫完教室天已经很晚了,我匆匆赶到幼儿园,小班教室里已经没人了,我以为是母亲将她接走了,就心安理得地回家了。到家一看,

门锁着，母亲加班，我才感觉到不妙，赶紧转身向幼儿园跑去。从我们家到幼儿园足有公共汽车四站的路程，直跑得我两眼发黑，进了幼儿园差点一头栽倒在地上。进了小班的门，我才看见坐在门背后的妹妹，她一个人一声不吭地坐在那儿等我，阿姨把她交给了看门的老头，自己下班了，那个老头又把这事忘了。看到孤单的小妹一个人害怕地缩在墙角，我为自己的粗心感到内疚，我说："你为什么不使劲哭哇？"妹妹噙着眼泪说："你会来接我的。"

那天我蹲下来，让妹妹趴到我的背上，我要背着她回家，我发誓不让她走一步路，以补偿我的过失。我背着她走过一条又一条胡同，妹妹几次要下来我都不许，这使她比我更加不安。她开始讨好我，在我的背上为我唱她那天新学的儿歌，我还记得那儿歌：

　　洋娃娃和小熊跳舞，
　　跳呀跳呀一二一。
　　小熊小熊点点头呀，
　　小洋娃娃笑嘻嘻。

路灯亮了，天上有寒星在闪烁，胡同里没有一个人，有葱花炝锅的香味飘出。我背着妹妹一步一步地走，我们的影子映在路上，一会儿变长，一会儿变短。两行清冷的泪顺着我的脸颊流下，淌进嘴里，那味道又苦又涩。

妹妹还在奶声奶气地唱：

　　洋娃娃和小熊跳舞，
　　跳呀跳呀一二一。

是第几遍重复了，不知道。
那是为我而唱的，送给我的歌。

这首歌或许现在还在为孩子们所传唱，但我已听不得它，那欢快的旋律让我有种强装欢笑的误解，一听见它，我的心就会缩紧，就会发颤。

以后，到我值日的日子，我都感到紧张和恐惧，生怕把妹妹一个人又留在那空旷的教室。每每还没到下午下课，我就把笤帚抢在手里，拢在脚底下，以便一下课就能及时开始清理工作。有好几次，老师刚说完"下课"，班长的"起立"还没有出口，我的笤帚就已经挥动起来。

这天，做完值日马老师留下了我，问我为什么要这么匆忙。当时我急得直发抖，要哭了，只会说："晚了，晚了！"老师问什么晚了，我说："接我妹妹晚了。"马老师说："是这么回事呀，别着急，我用自行车把你载过去。"

那天，我是坐在马老师的车后座上去幼儿园的。

马老师免去了我放学后的值日，改为负责课间教室的地面清洁。

恩若救急，一芥千金。

我真想对老师从心底说一声"谢谢"！

是平平淡淡的生活，是太一般的小事，但于我却是一种心的感动，是一曲纯洁的生命乐章，是一片珍贵的温馨。忘不了，怎么能忘呢？

我要对你说

年少孤单无助的"我"一次又一次地从老师那里得到温暖，得到力量。老师的帮助是那样的无私，我们在老师营造的美丽世界中生活，是那样无忧无虑，美好惬意。

傻瓜妈妈

朱建勋

某国小一至六年级的学生,每人都写了一篇题为《母亲》的作文。这天,礼堂中挤满了孩子们的家长。获奖的小朋友纷纷上台朗读自己的文章,我应邀过去采访。

刚开始的时候,总是听到孩子们朗诵"我的妈妈是天下最伟大、最好的妈妈",千篇一律的内容真使人想打瞌睡。我心中盘算,再听几位小朋友朗读,就先行离去。不料,下一位上台的女孩开口的头一句话,便使我大吃一惊。

她首先以清脆悦耳的声音高声地念出作文题目——《我的妈妈是傻瓜》,台下随即一阵爆笑。然而她全然不觉,继续自我介绍并朗读:"五年级,甲班,陈小华。我的妈妈是真正的傻瓜,她经常做错事,妈妈经常同时洗衣服和烧饭,有好几次,妈妈做菜做到一半又去晒衣服,结果锅里的汤汁都溢了出来,她为了把火关掉,一紧张,就把还没有挂上竹竿的衣服全丢在地上。结果衣服弄脏了,锅也被她弄翻了,两边都是一塌糊涂。"

"这时我的傻瓜妈妈就会以滑稽的表情,红着脸向我爸爸道歉:'我真差劲,对不起呀,下次我会

注意啊！'而爸爸就会笑着回答说：'你真蠢。'不过我认为说这话的爸爸也一样是傻瓜爸爸（台下又是一阵大笑）。有一天早上，大家正在吃早饭的时候，爸爸突然慌慌张张地从房间里奔出来，他一边穿上衣、打领带，一边找公文包，找到以后说了声'啊！糟啦，来不及了'就奔出大门。'放心，他一会儿就会回来。'妈妈倒是相当镇静。果然不出所料，爸爸没多久就走回来，而且很不好意思地挠着头说：'你们看，我空忙了一场，竟然忘了今天是星期天呢！哈哈……'这就是我说爸爸也是傻瓜的原因。由这种爸爸和妈妈所生下的我，当然不可能是聪明的，弟弟也一样是傻瓜，我家里每一个人都是傻瓜（台下笑声一片）。"

"可是我非常喜欢我的傻瓜妈妈，我比世界上任何一个人都还要喜欢她（全场突然安静下来）。我长大以后，也要变成像傻瓜一样的女人，和像我的傻瓜爸爸一样的男人结婚、生小孩，然后抚养像我一样的傻瓜姐姐和像弟弟一样的傻瓜弟弟，变成像我现在的家一样温暖又快乐的家庭。请傻瓜妈妈一定要保持健康等到那时候！"台下许多母亲不禁拿出手帕来擦眼泪。

这个小女孩在泪水、笑声和鼓掌声中走下讲台，表情带着惊讶，然后跑向因高兴而流泪的"傻瓜妈妈"身边。

我要对你说

母爱，似一股涓涓的流水，小有波澜地缓缓流入你我的心田，幸福的我们似乎很难用言语来表达心中的那份感激，生活在这份爱中的人都会变"傻"。守候这份傻傻的爱是人生中最甜蜜的事。

一碗馄饨

周长海

那天,她跟妈妈又吵架了,一气之下,她转身向外跑去。

她走了很长时间,看到前面有个面摊,香喷喷热腾腾,她这才感觉到肚子饿了。可是,她摸遍了身上的口袋,连一个硬币也没有。

面摊的主人是一个看上去很和蔼的老婆婆,她看到她站在那边,就问:

"孩子,你是不是要吃面?"

"可是……可是我忘了带钱。"她有些不好意思地回答。

"没关系,我请你吃。"面摊主人很热心地说,"来,你坐下,我下碗馄饨给你吃。"

很快,老婆婆端来一碗馄饨和一碟小菜。她满怀感激,刚吃了几口,眼泪忽然就掉了下来,纷纷落在碗里。

"你怎么了?"老婆婆关切地问。

"我没事,我只是感激!"她忙擦干泪水,对面摊主人说:"我们又不认识,而你就对我这么好，愿意煮馄饨给我吃。可是我自己的妈妈，我跟她吵架，她竟然把我赶出来，还叫我不要再回去！"

老婆婆听了，平静地说道："孩子，你怎么会这么想呢？你想想看，我只不过煮一碗馄饨给你吃，你就这么感激我，那你自己的妈妈煮了十多年的饭给你吃，你怎么会不感激她呢？你怎么还要跟她吵架？"

女孩愣住了！

女孩匆匆吃完馄饨，开始往家走去。当她走到家附近时，一下就看到疲惫不堪的母亲，正在路口张望……

母亲马上就看到了她，脸上立即露出了喜色："你这个淘气包，赶快过来吧！饭早就做好了，你再不赶快回来吃，菜都凉了！"

这时，她的眼泪又开始掉了下来！

有时候，我们会对别人给予的小惠"感激不尽"，却对亲人付出了一辈子的恩情"视而不见"。

我要对你说

也许是我们已经习惯了父母的关怀，于是变得有些麻木，连对爱的感受能力也失去了。不要经过旁人提醒，才想起母亲煮饭给你吃的恩情。携带着母爱行走，你会发现自己的富有与幸福！

母爱是一剂药

罗 西

舒仪要远嫁到福州去,她的妈妈是极力反对的:"上海这么大,为什么非要嫁到福州去?"女儿大了,有自己的想法,也应该有自己的感情生活了。但是,妈妈的态度仍然强硬。舒仪没有退路了,因为她已经不小心怀上了亲密爱人的孩子,她以为生米煮成熟饭,会让妈妈改变主意,给他们以祝福。但是,她错了,母亲有些不可理喻地勃然大怒:"我最恨被人家要挟,你有种,就不要再回这个家,也不要认我这个妈!"

两年前的暮春,舒仪牵着丈夫的手,在上海浦东机场,他们办完了所有登机手续,但是舒仪仍执着地往安检门外张望着。她希望奇迹出现,那个奇迹就是妈妈的身影,她泪眼婆娑,心情复杂,广播里不断响起他俩的名字:"请……到四号登机口登机!"

这一走,母女仿佛就成了陌路人。多少次,她打电话回上海家里,独居的妈妈总是不肯接。舒仪曾一度认为,极端的母爱才导致了如此的病态。可是,她并不知道,妈妈伤心的梦里,全是女儿幼时清脆的笑声。多少次,母亲一个人在家,也想给女儿拨一个电话,但是,她最终都只拨了区号就停了下来。

母亲很早就与父亲离婚,所以,舒仪是妈妈一手带大的,可以说是相依为命。如今"身上掉下来的那块肉"已经不再属于妈妈了,她回忆起和女儿四岁时的一次对话,不禁会心一笑。

女儿问：妈妈，我是从哪里来的？

母亲答：你是妈妈身上掉下的一块肉啊。

女儿恍然大悟：难怪妈妈这么瘦！

屈指算着，女儿离开自己已经快八百天了。去年七号台风前夕，母亲准时地坐在电视机前看天气预报。她每天都特别关注福州的天气，因为女儿在那里，她以这种特别的方式继续爱着女儿、关注着女儿。

就在这时，电话铃响起来了，一看来电显示，还是福州的。今天已经三次拒接了，这次不知道为何母亲居然把话筒拿了起来。电话那头是女婿的声音："妈，舒仪生病了，你可不可以过来看一下……"母亲心一沉，几乎是撑着身体听完电话的。

第二天，母亲搭了第一班的飞机到了福州。机场，女婿接她的时候，她感叹一句："原来没有我想象的远。"当她获知女儿在家里而不是在医院里，她的犟脾气又来了："是不是你们骗我来的？"女婿只好坦白交代说，他们的女儿得了小儿肺炎不治夭折，都已经一个月了，舒仪还是没有从悲痛的心境里走出来。最近情况更是严重，丈夫她都不认识了……每次给她喂药，她都会极力地抗拒，有时甚至挥舞着菜刀，咆

哮着:"你们都是凶手,想害我女儿,给我滚……"

听到这里,母亲老泪纵横,不停地喊着:"我的傻宝贝啊,我的傻宝贝……"当她步履蹒跚地跟着一行人刚进门,舒仪便举着刀迎了上来。危急之际,没有人敢上去,唯独六十多岁的老母亲,佝偻向前,哭喊着舒仪的乳名,舒仪无神的眼睛似乎闪亮了一下,扔下菜刀,坐在地上喃喃自语……

接着,老母亲一口一口地小心喂着已年过三十的舒仪。"真乖,再吃一口!"舒仪的母亲含泪声声地劝慰着,而舒仪则幸福如小宝宝般偎在她身旁,嬉皮笑脸的,那么轻松自在……

在场的人先是惊讶,之后都泪流满面。舒仪,她什么都忘了,唯一记得的,只有母亲。

经过一段时间的治疗,加上母亲寸步不离的陪护,舒仪终于清醒过来了。当她喊出第一声"妈"的时候,在场的人无不动容,医生说,这是奇迹,母爱是她最好的药。

我要对你说

母爱是一剂良药,时刻抚慰着儿女。当悲伤与不幸降临到这对多年相依为命的母女身上的时候,母亲放弃了所有的偏见,无微不至地照料生病的女儿,创造了生命的奇迹,谱写出了爱的赞歌。

母 亲

雾雨路

乡村的夜晚宁静而美丽，洁白的月光毫不吝啬地爬满了每座屋舍和窗棂。在一座低矮的土坯房的窗户上，悠悠地透出我和母亲的影子。母亲掷去了晨日的劳苦，挣脱了疲惫，借着昏暗的光线，用双手和智慧为我和妹妹们剪裁着衣裳；用歌声和故事为我驱赶着寂寞，驱赶着伤痛对我的缠绕。

那时，我不懂得母亲日子的艰难。

母亲先后生下了我们姐妹六个，五个女儿，一个儿子，最小的便是弟弟。我是家里的老大，却不曾给母亲减轻些负担。那是一次在晚饭间，我因和妹妹争吃一块红薯，而将锅碰翻在地，我的腿和脚被烫伤，不能行走，只得休学在家。

为此，母亲常常自责，说是没有照看好我。夜里，每当伤处稍一疼痛我就大哭大叫，扰得母亲难以入睡。母亲便起来给我讲故事，教我唱歌，来转移我的注意力，母亲一首一首地唱，一句一句地教，不厌其烦。

这时的母亲一边照顾着我，手里还要为我们的穿戴忙碌着，母亲手里

的针线娴熟地上下飞舞，歌儿萦绕在我的周围，母亲用针线穿起了岁月，穿起了日子，穿起了美妙而动听的歌谣，穿起我童年似真似梦似幻的每一个夜晚。

于是，每每我都是在母亲的歌声和故事中渐渐地睡去……直到我康复。

日子一天天地过去，母亲说日子虽苦但也快啊，你看你转眼都11岁了，可以帮妈妈干些力所能及的活了，妹妹们还小，你也帮着照看照看，学习呢妈妈是不会耽误你的。于是，我下定决心以后要像一个大孩子一样帮妈妈做些活，不让母亲再为我操心了。

苦难总是不让你喘息一刻而来临，在麦收的农忙季节里，父亲却因车祸腿部骨折而失去了劳动能力。母亲望着十多亩的麦田，再看看地头刚刚学会走路的老三和咿呀学语的老四，以及家里炕上躺着的刚满月的老五和病中的父亲，不禁悲从中来。

我被妈妈指派在家照看五妹，并照顾父亲。母亲为了抢收小麦每每都是顶着星星走，带着月亮回来，这时的月亮虽美，但却洗不去母亲满身的疲惫与无奈，母亲再没有过多语言给我们，生活压得她几乎喘不过气来。

不料这时我却又给母亲带来了无边的痛苦。在炒菜时，因炕上的五妹哭个不停，我便用一只手哄着她，一只手攥着炒菜的锅，这时锅柄突然脱落，热辣辣的油顿时浇到了我的脚上，我号啕大哭起来，父亲唉了一声！

这时正赶上母亲进家门，气得母亲一时把手举到高空中，突然又放了下来。母亲赶紧帮我敷上烫伤药，安顿我躺下，我强忍着痛不敢再哭出声来。

晚上，我屏住呼吸听着母亲的动静，母亲一句话也不说安顿着妹妹们，母亲没有点上灯，只有夜色中一轮皎洁的月光透过窗户照射了进来。

这时的疼痛让我无法入眠，我更是小心翼翼地不敢出一点声响，生怕招来母亲的一顿呵斥。

夜已经很深了，我想母亲应该睡下了吧，我慢慢地翻转过身，发现此刻母亲正呆坐在窗前，久久地凝望着天空中的那一轮圆月，眼里似有点点泪光在闪烁，我忽然发现母亲被月光映出了几丝白发。接着我听到母亲在低声地吟唱，细听却似一种戏曲的调子，没有歌词，只有调子，低沉，哀婉……我忍住哭声，蒙上被子，任眼泪倾泻，直到天亮。

我要对你说

生活的拮据造就了坚韧的母亲，而母亲的顽强也渐渐地让不懂事的孩子长大。通过文章，我们反思自己，是否曾经因执拗任性让母亲为难，如今是否更应该好好孝敬父母、尊重父母？

5万元的父爱

赵丰华

要不是父亲捎信,说病危要见儿子最后一面,志刚是不会回来的。

那条幽深的小巷,青苔比以前更多了。两边土木结构的房屋,破败不堪,路边张贴着拆迁告示。志刚知道不久这片老房子就会从这个小镇上消失。

这些低矮的房子,早该消失了,志刚心里想。

志刚小时候,跟着一瘸一拐的父亲,背着竹篓,穿行在这低矮房子间的巷道里……父亲是捡破烂的。

"爸,这儿有烟盒子……哈!这儿还有个酒瓶子!"志刚的手脚总比父亲利落。爷儿俩欢快的笑声,在窄窄的小巷中荡漾。

在志刚的记忆里,父亲总是脏兮兮的。父亲有时候也讲卫生,志刚的杯子要用沸水烫过,吃饭前要志刚用肥皂洗手……

志刚上学了。父亲每天上午把志刚送到校门口。父亲目送志刚进了学校,便拿出一只大口袋,把同学们提出来的垃圾装进去。父亲装满一袋就吃力地扛到垃圾堆边,把纸片一张张拣出来……

"喂!志刚,校门口那个收垃圾的是你爸?"

志刚与父亲的话越来越少。每天上学,志刚跑在父亲前头,把父亲远远地甩在身后。父亲一颠一颠地紧走慢赶,累得气喘吁吁。

日子一久,父亲好像懂了些什么,不再和志刚一道出门。

志刚长大了,一遍遍地问:

"爸，我的亲爹娘是谁？他们为什么要把我交给你！"

父亲沉默。志刚就砸碗扔盘子，然后一甩门跑了出去……

志刚赌气不回家。父亲沙哑的声音穿透重重暮霭，一声声撼动志刚的耳膜。志刚在父亲的呼唤声中，一步步向那个堆满垃圾的家走回去。

"娃，你认命吧！等你有出息了……我会把一切告诉你的。"

转眼，志刚初中毕业了。

"爸！我要出去打工了，你给我凑点路费吧！"

父亲拿出一叠钞票，交给了志刚。父亲的眼圈红红的，嘴角抽搐了几下，却没有吐出一个字来。

志刚走的头一天晚上，父亲买了几斤猪肉，做了许多菜……志刚从小到大，还没吃过这么丰盛的饭菜。

那晚，父亲一夜都在为志刚拾掇包袱。父亲几次走到志刚的床前坐下来，静静地看着躺在床上的志刚……

几年来，志刚在外面颠沛流离，他抱怨自己的身世！夜里，志刚常常捶胸顿足，诅咒上苍的不公平！

如今志刚又走在这条熟悉的巷道上，他急于想揭开自己的身世之谜。

志刚推开虚掩的房门。黑漆漆的屋子，静得怕人。志刚径直向墙角的那张床走去。

"刚儿，你……你回来了！"

父亲挣扎着要坐起来，志刚忙躬身扶起父亲。

父亲颤抖的手在枕头下面摸出一个小包来，他从小包里取出一张照片递给志刚。

照片上，是一个垃圾场，好大一个垃圾场！垃圾堆成的小山丘上，有一个两三岁的小男孩。小男孩举起一块小石头，正要向成群的苍蝇砸去。旁边有一个窝棚，窝棚上正袅起白色的炊烟。远处是林立的高楼，车水马龙的声音好像正从高楼那边隐隐地传来……

"刚儿，照片上的孩子就是你！你的父亲原本是生意人，只可惜染上了毒瘾，几十万的资产都快耗尽了……他们求我收养你，给了我一个存折，要我带上你走得远远的。这个窝棚原本是我搭的，我带着你走后，你父母就住进了里面……你父母说存折上的钱是他们最后的积蓄了，如果不交给我，他们会花光的……存折上的钱，我一分都没用……"

志刚接过存折一看，上面赫然写着"5万元整"。

"爸，我……我对不起您！"志刚的眼泪夺眶而出。父亲微笑着又躺下去了，呼吸开始变得急促。

志刚慌忙背起父亲，冲出这片低矮的房子，向镇医院跑去……阳光洒在爷儿俩身上，闪耀着金色的光芒。

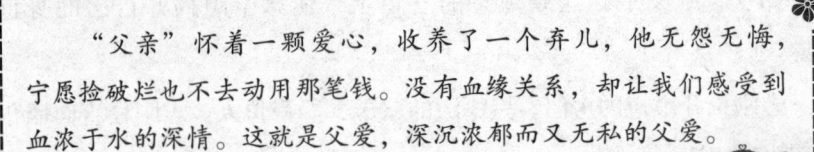

我要对你说

"父亲"怀着一颗爱心，收养了一个弃儿，他无怨无悔，宁愿捡破烂也不去动用那笔钱。没有血缘关系，却让我们感受到血浓于水的深情。这就是父爱，深沉浓郁而又无私的父爱。

母爱的姿势

卢守义

阔别故乡整整五年，我终于又回到了那个生我养我，令我无时无刻不在魂牵梦萦的边陲小城。

几年不见，母亲已明显衰老。挺拔的背已经微驼，满头乌黑的头发似被霜打，唯有那双眼睛却没有变——略显浑浊的眸子依旧闪着善良慈爱的光芒……

入夜，母亲执意让长大成人的我像儿时那样，和她同睡在一张板床上。我知道，这是她对我的爱的一种最直接、最近距离的表达方式。半夜，我忽然被一阵剧烈的咳嗽声吵醒：只见母亲把双手垫在胸前俯卧在板床上，似睡非睡地一声接一声地咳嗽着……此情此景，令我心头一阵发烫，母亲这种特定的睡眠姿势，我太熟悉太熟悉了，它陪伴我度过了从小学到初中整整9年的漫长时光。

小时候我贪玩，不到月上中天是断然不肯爬上板床的，所以早晨总是睡过头，上学迟到。就那时窘迫的家境而言，报时的闹钟是买不起的。每当由于上学迟到，班主任赶到家中"兴师问罪"时，母亲总会那样真诚地作检讨："小孩子上学迟到，是我这当妈的提醒不周，以后一准不了，一准不了！"此后，每当我后半夜从梦酣中一觉醒来，总会看见母亲躺在被窝里，两眼注视着窗外的星空久久不敢入眠。我知道，她不敢入眠，是生怕儿子上学迟到啊！直到突然有一天早晨，母亲由于长期失眠昏倒后被送进医院，才被父亲知道了内情——父亲怒不可遏地向母亲下了"禁令"。

母亲出院后，已不再半夜无眠地熬到天明了，可我却从来没有迟到过。每天早晨母亲都会准时地把我喊醒。我曾不止一次地问母亲，为什么会这么准时？她总是笑而不言，直到后来我发现母亲的睡眠已经换了个姿势：把双手压在胸前俯卧入睡。准时的奥妙是不是出在这里？母亲的这种睡姿一直陪伴了我从小学到初中整整9年。后来，考入高中，升上大学之后，我在学校住宿，可每每回家小住，发现母亲依旧保持着这种深睡状态。长此以往，在这种睡姿的帮助下，母亲竟形成了一种条件反射，所以报时十分准确。当时，我只觉得母亲很聪慧。

此次故乡小住，再一次看到母亲的这种睡姿。已经懂得知识、见过世面的我，不禁泪眼婆娑。母亲的独特睡姿已经无法改变。这已经成了她的一种生活习惯。然而，这种经年累月的睡姿，已经对母亲的身体健康带来了极大的潜在危害，右肺已经不张，彻夜咳嗽不止。

母爱，是世界上最博大无私、最深厚沉重的一种爱。人世间，有什么姿势能比母爱的姿势更情意绵绵，更足以使子女享用一生呢！

我要对你说

为了使孩子准时起床，上学不迟到，母亲牺牲了自己的睡眠，继而牺牲了自己的健康。每个母亲都有表达爱的姿势，长年累月，这些姿势都已变成了她们的习惯之举。而这种习以为常的姿势，不就是她们持久不变的爱吗？

父爱昼夜无眠

尤天成

父亲最近总是委靡不振，大白天躺在床上鼾声如雷，新买的房子如扩音器一般把他的声音"扩"得气壮山河，很是影响我的睡眠——我是一名昼伏夜"出"的自由撰稿人，并且患有神经衰弱的职业病。我提出要带父亲去医院看看，他这个年龄嗜睡，没准就是老年痴呆症的前兆。

父亲不肯，说他没病。再三动员失败后，我有点恼火地说："那您能不能不打鼾，我多少天没睡过安生觉了！"

第二天，我睡到下午四点才醒来，难得如此"一气呵成"。突然想起父亲的鼾声，推开他的房门，原来他不在。不定到哪儿玩儿麻将去了，我一直鼓励他出去多交朋友。这样很好。

看来，虽然我的话冲撞了父亲，但他还是理解我的。父亲在农村穷了一辈子，我把他接到城里来和我一起生活，没让他为柴米油盐操过一点心。为买房子，我欠了一屁股债。这不都得靠我拼死拼活写文章挣稿费慢

慢还吗?我还不到30岁,头发就开始落英缤纷,这都是用脑过度,睡眠不足造成的。我容易吗?作为儿子,我唯一的要求就是让他给我一个安静的白天,养精蓄锐。我觉得这并不过分。

父亲每天按时回来给我做饭,吃完后让我好好睡,就又出去了。有一天,我随口问父亲:"最近在干啥呢?"父亲一愣,支吾着说:"没,没干啥。"我突然发现父亲的皮肤比原先白了,人却瘦了许多。我夹些肉放进父亲碗里,让他注意加强营养。父亲说,他是"贴骨膘",身体棒着呢。

转眼到了年底。我应邀为一个朋友所在的厂子写专访,对方请我吃晚饭。由于该厂离我住处较远,他们用专车来接我。饭毕,他们让我随他们到附近的浴室洗澡。雾气缭绕的浴池边,一个擦背工正在一具肥硕的躯体上刚柔并济地运作。与雪域高原般的浴客相比,擦背工更像一只瘦弱的虾米。就在他结束了所有程序,转过身来随那名浴客去更衣室领取报酬时,我们的目光相遇了。"爸爸!"我失声叫了出来。

惊得所有浴客把目光投向我们父子,包括我的朋友。父亲的脸被热气蒸得浮肿而失真,他红着脸嗫嚅道:"原想跑远点儿,不会让你碰见丢你的脸,哪料到这么巧……"

朋友惊讶地问:"这真是你的父亲吗?"

我说是。我回答是那样响亮,因为我没有一刻比现在更理解父亲、感激父亲、敬重父亲并抱愧于父亲。我明白了父亲为何在白天睡觉了,他与我一样昼伏夜出。可我竟未留意父亲的房间没有鼾声!

我随父亲来到更衣室。父亲从那个浴客手里接过三块钱,喜滋滋地告诉我,这里是闹市区,浴室整夜开放,生意很好,他已挣了一千多块了,"我想帮你早点把房债还上。"在一旁递毛巾的老大爷对我说:"你就是小尤啊?你爸为让你写好文章睡好觉,白天就在这些客座上躺一躺,唉,都是为儿女哟……"父亲把眼一瞪:"好你个老李头,要你瞎说个啥？"

我心情沉重地回到浴池，父亲追了进来。父亲问："孩子，想啥呢？"我说："让我为您擦一次背……"

"好吧。咱爷俩互相擦擦，你小时候经常帮我擦背呢。"

父亲以享受的表情躺了下来。我的双手朝圣般拂过父亲条条隆起的胸骨，犹如走过一道道爱的山冈。

我要对你说

在亲情故事里，母亲永远是主角，你可曾将爱与父亲分享？文中这样的一位父亲，相信令所有人动容，作为儿女，不要认为物质的给予就可以抵得上父母对我们的恩情，要知道，这种爱一生都偿还不清啊！

百科奥秘

爬行动物是第一类真正的陆生脊椎动物。它的特征首先是适应于陆地生活，具有四足动物的基本形态。其次，爬行动物的体表覆盖着角质鳞片，动物的心脏由心房和分隔不全的两心室构成，此外，爬行动物属于变温动物。

贱贱的爱

罗 西

朋友阿忠因手术住院,我常去陪他,也因此认识了他那个仍住在乡下的母亲。也许是心情不好,阿忠的胃口一直很差。这让他妈妈很焦虑,在这位没文化的老人看来,不爱吃东西是很可怕的,更何况还在医院里。

为了给儿子买份"对口"的饭菜,这位连电梯都不会坐、毫无方向感的母亲,在车水马龙的街头,不知要克服多大困难呀!可是,每次母亲提来温热的饭菜时,阿忠总是有点不耐烦地皱着眉头,并大声叫她以后别"多事"了……可他妈妈每次总是慈眉善目地面对着儿子,那种心疼的神情,我看了都心疼。

这天,我又看见她汗流浃背地拎着汤面回来,气喘吁吁地说:"我只敢跟别人坐电梯,结果人家只到三楼……"所以,她只好从三楼走楼梯到八楼,更可叹的是,千辛万苦走到八楼,发现走过头了,儿子住在七楼……

不知为什么,我的眼睛有点湿。

这回,朋友阿忠一句话都不说,低头一口气吃个精光。我明白,这个时候这个举动,就是对母爱最好的回应。

表姐曾在电话里给我讲她儿子的事:儿子说没空吃早餐,快迟到了。趁他弯腰穿鞋准备出门的当儿,表姐硬是把儿子平常最爱吃的巧克力甜甜圈塞进他的背包里,不巧被儿子发现了,臭着一张脸叫道:"老妈,你烦不烦!"不过,这回他没有当场扔掉。

可惜几分钟后,表姐下楼开启信箱时,发现那甜甜圈完整地、残酷地夹在报纸里。如此践踏一个母亲的爱心,表姐很伤心地问我:"难道爱也是错误?"

台湾作家小野在一本书中写到他儿子租屋在外,他老婆雨中送葡萄去,结果三番五次被拒,小野气得吼:"真是贱啊!"可他太太完全不否认:"是的,贱贱的爱永不止息。"

我要对你说

沉溺于爱中的孩子总是嫌母亲麻烦、爱唠叨,但母亲永远会这样无怨无悔且不断地为儿女操心,不停地做一些儿女认为"多余"的事。这就是我们成长的动力源泉,这就是最平凡、最伟大的母爱!

母爱与爱母

黄永达

如今的日子甜得流蜜，我和妻子合计一下，决定出国旅游一趟，辛辛苦苦几十年，也该风光风光了。可令我们犯愁的却是娇小的"莉莉"。

我们出国旅游十多天，没人照顾"莉莉"。请别误会，"莉莉"并非是我们的女儿，而是一只纯种的"松鼠狗"。它金黄色的绒毛闪闪发亮，晚上还摇头摆尾地钻进我们的被窝里。

此刻，妻子抱着小"莉莉"，抚摸着它的头说："我们出国十多天，没人照顾它，准饿死。"小家伙好像知道我们此刻正在做"重大决策"似的变得格外乖顺听话。

妻子抱着"莉莉"走来走去，苦思冥想，突然惊喜地来到我的身旁，说："有办法了！"

我一边听着一边点头："这也是没有办法的办法。"

晚上，我们带上水果点心等东西，抱着小"莉莉"去探望母亲。

母亲独自一人住在河对面，

由于我们工作忙，离得也算远，而母亲又习惯独居一处，因而我们一般都是逢年过节，左拎一包，右提一盒，回家探望老人家，连邻居见了也赞誉有加，我则免不了有点飘然自喜：口碑不错！

回到家里，母亲正在看电视节目，我把东西放下，便直截了当地向母亲说明来意："我们打算出国旅游十来天，这只小家伙就有劳您来照顾了。"

据说母亲小时候让狗咬过一次，从此以后就没养过狗。而这次为了出一趟国门，只好让老妈勉为其难了。

母亲听了十分爽快地说："行！这小东西就放在这里吧，保证一日三餐有肉吃！放心吧。"我们一边看电视，一边闲聊。老妈也一而再、再而三地提醒我们出外旅游时要注意安全，就好像小时候学校组织郊游的前夜一般，反复强调：药品、日常用具、御寒衣服都应带齐，尤其是必须把钱放好，放妥当！

突然间，母亲不说话了，双眼直勾勾地盯着电视画面。原来此刻正播放电视专题《古稀老人携母万里游》，讲的是哈尔滨的一位七十多岁的老头儿，骑着三轮车携带百岁老母亲，从北到南，游遍祖国的大好河山。

母亲看着看着，长长地吁了一口气，嘴角微微地颤动着。此刻，我看着电视，心里真不是滋味：古稀老人尚能携母走南闯北看风景，而我们今天却为了图自己快乐，居然让母亲去照顾宠物。

相比之下，我顿时感到无地自容，为人之子，亏你想得出来！母亲用手背擦了擦眼角，慢悠悠地站了起来，从衣柜的角落里掏出一只淡红色的小布袋，走到我面前，从袋子里拿出1000块钱，递给我说："这钱是你们平时给我的，我没花，你们把它带上，路上用！"

此刻，我又能说什么呢？母亲这1000块钱，就像鞭子一般一下一下地抽着我。我有的只是自责。我用眼睛狠狠地瞪了妻子一下，只见妻子也羞愧地低下了头，抱起"莉莉"轻声地说："我们走吧。"

母亲说："太晚了，把小东西放下，你们回去吧。"

妻子并没有把小"莉莉"放下，而是内疚地说："妈，不用了，我们再想法子安顿它。"

母亲觉得有点迷惑不解，她一边说一边把钱"强行"塞进我的口袋里。我拉着母亲的手，说："妈，这只狗我们另外设法安置。把您的身份证拿给我。"

母亲从枕头底下拿出自己的身份证，问道："你要身份证干吗？"拿起母亲的身份证一看，粗心的我这才留意到母亲今年已经75岁了，我心里一酸，嗓音有点哽涩："妈，给您办护照，我们一起出国旅游！这钱我帮您保管，留着到了国外再花。"

"一起？我？一个老太太？"

我坚定地点点头："我们一起出国旅游！是我们三个人一起去！"这回轮到母亲半天说不出话来了，喃喃自语："出国？出国旅游？"她的眼角流露出光彩……

我要对你说

一个成家立业的男人，有了事业、妻子和孩子后，往往会忽略自己的父母，而父母却依然默默地无私地为儿女奉献着。多抽出一些时间去陪陪父母，不要在他们离我们而去后，留下没有孝顺过他们的遗憾。

奶奶的手

[韩] 李美爱　佟晓莉 译

父亲在一家小公司工作,很辛苦地赚钱养家。为了替父亲分担一些辛苦,奶奶上山挖野菜,整理完再把它们卖掉,以此来贴补家用。这样,奶奶一整天都泡在山上,挖完野菜回来后,拣菜一直要拣到后半夜。然后,在东方渐渐露出鱼肚白的时候,奶奶就头顶菜筐,穿过山路,去市场卖野菜了。

"这位大姐,买点野菜吧。给你便宜点儿!"

尽管奶奶很辛苦地叫卖,但比起生意兴隆的日子,生意清淡的日子总是占大多数。

我很讨厌没有奶奶的房间,因为那会让我备感孤单;也很讨厌奶奶挖山野菜,因为只要我一做完作业,就必须帮奶奶拣菜,而这个脏活儿常常把我的指尖染黑,无论用清水怎么洗,那种脏兮兮的黑色总是洗不掉,让我懊恼极了。

有一天,发生了一件让我

措手不及的事儿。

"星期六之前，同学们一定要把家长带到学校来。记住了吗?"老师对我们说，"学校要求学生们带家长到学校，主要是为了商量小学升初中的有关事宜。"

别的同学当然无所谓，而我……能和我一起到学校的，只有奶奶一个人。

听到老师的话，我无奈地叹了一口气。

"唉……"

寒酸的衣服、微驼的背……最要命的，是奶奶指尖那脏兮兮的黑色!

不懂事的我，掩饰不住内心的焦虑，不知道该怎么办才好。

不管怎么样，我都不愿让老师看到奶奶指尖的颜色。我满脸不高兴地回到家，犹犹豫豫地说道："嗯，奶奶……老师让家长明天到学校。"

虽然不得不说出学校的要求，但我心里却暗自嘀咕：唉，万一奶奶真的去了，可怎么办啊？我心底备受煎熬，晚饭也没吃，盖上被子便蒙头大睡。

第二天下午，有同学告诉我，老师让我去教务室。还没进屋，我忽然间愣住了，几乎在一瞬间，我的眼睛里充满泪水！

"呀，奶奶!"

我看见老师紧紧握住奶奶的手，站在那里。

"智英呀，你一定要努力学习，将来好好孝顺奶奶!"

听到老师的话，我再也忍不住，顷刻间眼泪夺眶而出！

老师的眼角发红，就那样握着奶奶的那双手。那是怎样的一双手啊：整个手掌肿得很大，红色的伤痕斑斑点点！

原来，奶奶很清楚孙女为自己的这双手感到羞愧，于是整个早晨，她老人家都在用漂白剂不停地洗手，还用铁屑抹布擦手，想去掉手上的黑色！结果，手背上裂开了大大小小的口子，血从里面流了出来。

看到那一双手，我才懂得了奶奶那颗坚忍而善良的心！

我要对你说

奶奶的一双手，无论是黑还是脏，还是布满伤痕，那都是艰苦的生活留下的印记。为了孙女的自尊心。她的心中早已没有了自己。奶奶默默无言的爱，教育了虚荣的孙女，感化了她的心。

母亲一生中的8个谎言

傅亚丁

儿时，丁香家很穷，吃饭的时候，饭常常是不够吃的，母亲就把自己碗里的饭分给孩子们吃。母亲说："孩子们，快吃吧，我不饿！"

——母亲的第一个谎言

丁香长身体的时候，勤劳的母亲常利用周末休息去郊县农村的河沟里捕捉些小鱼小虾来给孩子们补充营养。鱼很好吃，鱼汤也很鲜。孩子们吃鱼的时候，母亲却在一旁咂鱼骨头。丁香心疼母亲，就把自己碗里的鱼夹到母亲碗里。母亲一边用筷子把鱼夹回给女儿，一边说："我不爱吃鱼！"

——母亲的第二个谎言

上初中了，为了给孩子们凑齐学费，当缝纫工的母亲就去居委会领了些火柴盒回来，晚上糊，挣点零钱补贴家用。丁香半夜醒来，看到母亲还弓着身子在油灯下糊火柴盒，就说："妈妈，睡吧，明早您还要上班呢。"母亲笑笑说："孩子，你快睡吧，我不困！"

——母亲的第三个谎言

中考那几天，母亲请了假天天站在学校门口为参加中考的丁香助阵。时逢盛夏，烈日当头，固执的母亲在烈日下一站就是几个小时。考试终于结束了，母亲迎上去递上用罐头瓶儿装好的绿豆汤。望着母亲一头的汗水，女儿将手中的罐头瓶递过去请母亲先喝，母亲说："孩子，快喝吧，我不渴！"

——母亲的第四个谎言

　　父亲病逝多年,母亲又当爹又当娘,靠着自己在缝纫社里干活的微薄收入含辛茹苦地拉扯着几个孩子。胡同里修表的李叔叔知道母亲难,大事小事都过来帮忙,搬搬煤,打打水……人非草木,孰能无情?左邻右舍看在眼里,都劝母亲再嫁,何必苦自己。然而多年来,母亲为了孩子却一直守身如玉,别人一劝再劝,母亲都说:"我不愿意!"

——母亲的第五个谎言

　　丁香读到高一的时候,因家庭经济困难,就同两个姐妹独自跑到沿海打工去了。丁香外出打工不久,母亲因单位效益不好下岗了。下了岗的母亲就在附近农贸市场摆了个小摊维持生活。身在外地的丁香牵挂着母亲和尚在念书的弟弟妹妹,常常寄些钱回家,可母亲坚决不要,她

说:"我有钱!"

——母亲的第六个谎言

丁香在外打工期间，用自己积攒的钱开了一家小餐馆。她经营有方，生意越做越好，生活条件也大为改善。条件好了，丁香想把年迈的母亲接来享享清福，却被母亲回绝了。母亲说："我不习惯!"

——母亲的第七个谎言

晚年，母亲患了胃癌住院，等到丁香赶回家时，母亲已来日不多。母亲老了，望着被病魔折磨得万分痛苦的母亲，想着母亲这一辈子吃过的苦，丁香潸然泪下。母亲却说："孩子，别哭，我不疼!"

——母亲的第八个谎言

在"谎言"中度过了一生的母亲，终于安详地闭上了双眼。其实，在我们习以为常的生活中，真实的谎言往往可以把人抛入痛苦的深渊，而善意的谎言却能催生出这个世界上最美丽的花朵。

我要对你说

文中的8个谎言使人清晰地感觉到生活在母亲那美丽的谎言中的孩子是何等幸福。母亲默默地付出着自己的爱，为了孩子的幸福，她舍得放弃一切，即便这样，她也是满足而幸福的。

把笑脸带回家

昝金锦

三年前的一天，我考高中，由于分数不够，要交 8000 元。正在发愁时，父亲回家笑着对母亲说："我下岗了。"母亲听了就哭了，我跑过来问怎么了，母亲哭着说："你爸下岗了。"父亲傻乎乎地笑个不停。我气愤地说："你还能笑得出来，高中我不上了！"母亲哭得更凶了，说："不上学怎么行，你爸就是没有文化才下岗的。"我说："没有文化的人多的是，怎么就他下岗？无能！"

父亲失去工作的第二天就去找工作。他骑着一辆破自行车，每天早晨出发，晚上回来，进门总是笑嘻嘻的。母亲问他怎么样，他笑着说："差不多了。"母亲说："天天都说差不多了。行就行，不行就重找。"父亲道："人家要研究研究嘛。"一天，父亲进门笑着说："研究好了，明天就上班。"第二天，父亲穿了一身破衣服走了，晚上回来蓬头垢面，浑身都是泥浆。我一看父亲的样子就端着碗离开了饭桌。父亲笑了笑说："这孩子！"第二天，父亲回家时穿得干干净净，脏衣服夹在自行车后面。

两个月下来，工程完了，工程队解散了，父亲又骑个自行车早出晚归找工作，每天早晨准时出发。我指着父亲的背影对母亲说："他现在的工作就是找工作，你看他忙乎的。"母亲叹道："你爸爸是个好人，可惜他太无能了，连找工作都这么认真负责，还能下岗，难道真的是运气不好？"

一天,父亲骑着一辆旧三轮车回来,说是要当老板,给自己打工。我对母亲说:"就他这样的,还当老板?"我对父亲的蔑视发展到了仇恨,因为父亲整天骑着他的破三轮车拉着货,像个猴子一样到处跑。我们小区里回荡着他的身影,他还经常去我的学校送货,让我很是难堪。在路上碰见骑三轮车的父亲,他就冲我笑一下,我装作没有看见不理他。

有一次,我在上学路上捡到一块老式手表,手表的链子断了,我觉得有点熟悉。放学路上,我看见父亲车骑得很慢,低着头找东西,这一次父亲从我面前走过却没有看见我。中午父亲没有回家吃饭,下午上学时我又看见父亲在路上寻找。晚上父亲笑嘻嘻地进门,母亲问:"中午怎么没有回家吃饭?"父亲说:"有一批货等着送。"我看了父亲一眼,对他突然产生了一种从没有过的同情。后来才知道,那块表是母亲送给父亲的唯一一件礼物。

有一天,我在放学路上看见前面围了好多人,上前一看,是父亲的三轮车翻了,车上的电冰箱摔坏了,父亲一手摸着电冰箱一手抹眼泪。我从没有见父亲哭过,看到父亲悲伤的样子,慌忙往家跑。等我带着母亲来到出事地点时,父亲已经不在那里了。晚上父亲进门笑嘻嘻的,像什么事也没有发生一样。母亲问:"伤着哪没有?"父亲说:"什么伤着哪没有?"母亲说:"别装了!"父亲忙笑嘻嘻地说:"没事,没事!处理好了,吃饭。"第二天一早,父亲又骑三轮车走了。母亲说:"孩子,你爸虽然没本事,可他心好,要尊敬你爸爸。"我点了点头,第一次觉得他是那么可敬。

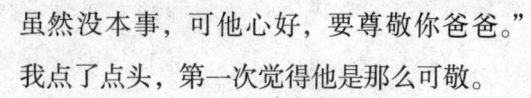

我和爸爸不讲话已经成了习惯,要改变很难,好多次想和他说话,就是张不开口。父亲倒不在乎我理不理他,他每天都在外面奔波。我暗暗下决心一定要考上大学,报答父亲。每当学习遇到困难或者夜里困了，我就想起父亲进门时那张笑嘻嘻的脸。

离开家上大学的那一天，别人家的孩子都是"打的"或有专车送到火车站，我和母亲则是坐着父亲的三轮车去的。父亲就是用这辆三轮车，挣够了我上大学的学费。当时我真想让我的同学看到我坐在三轮车上，我要骄傲地告诉他们这就是我的父亲。

父亲把我送上火车，放好行李。火车要开了，告别时我再也忍不住了，终于大声喊道："爸爸！"除了大声地哭，我一句话也说不出来。父亲笑嘻嘻地说："这孩子，哭什么！"

我要对你说

父亲是家里的支柱，是一家人的希望。父亲在外面劳累奔波，有时还要忍受别人的白眼，但他深知自己的责任，从不把外面的风雨带回家，努力为家人营造一方晴朗的天空。这份父爱，让人感动，让人尊敬。

母爱的宽容

点卡目

在钢筋水泥的城市生活久了，人与人之间的情感变得那样淡漠、那样冷冰冰，就像钢筋水泥一样。

下班之后，我准备一个人坐公交车回家。那天下着雪，天气很冷，街上的行人都急匆匆地赶回亮着灯的家。

在公交站牌下等了很久，公交车仍没有来，当我恶狠狠地骂着鬼天气和这个城市的交通时，一个背着蛇皮袋的中年妇女从一辆公交车上下来，到了站牌下，走来走去，像要转车的样子。

公交车来了一班又一班，站牌下的行人越来越少，中年妇女仍没有坐车走，这个站牌下的公交车除了我所要坐的那班车没有来之外，其他车次的公交车都过去了不止一班，我想中年妇女肯定和我坐一班车。20分钟过去了，站牌下那一块儿地方的积雪被中年妇女踩得光溜溜的。该死的公交车还没有来,中年妇女仍在东张西望地走来走去。

我所等的公交车终于来了,我想等她上车之后我再上,但她没有上车,我有点儿奇怪。这班车她不坐,那她还坐哪一班?最后一班公交车缓缓地发动了,我没有坐,我想看看她到底想坐什么车,天有点儿黑了,中年妇女仍在不停地走来走去,神情还是那么专注,像是在走自己的人生路。

10分钟过去了,来了一个骑自行车的少妇。少妇像我一样骂了骂鬼天气,然后问中年妇女:"妈,你来多长时间了?"

中年妇女慈祥地笑着说:"刚到。"看来,这是母女俩。中年妇女,不,母亲丝毫没有责备女儿的意思。

"路上碰见一个朋友,聊了一会儿。"少妇冷冷地说,"我以为你到了一会儿了,没想到你也刚到。"少妇没有怀疑母亲的话,她没有看到母亲头上厚厚的积雪,也没有看到站牌下被母亲走得滑溜溜的那一小块儿地方,少妇没有丝毫的愧疚。

我想提醒少妇,母亲在这样寒冷的雪天里,已经等了她半个多小时,可该怎么说呢?正在我思考之间,少妇又冷冰冰地说:"也没有公交车了……"

"没事,咱们骑车回去。"母亲仍旧是一脸的慈祥。

"你看,路这么滑,也没法带着你……"少妇的话像冷冰冰的风吹得我打了几个寒噤。

"没事,我在后面跟着……"母女俩走了,女儿在前面骑着车,母亲一路小跑地在后面跟着……

我被震撼了,我震撼于母亲的宽容,在寒冷的雪天里等女儿三十多分钟却等于一分钟也没有等,在母亲看来,等女儿再长时间也是天大的应该。我震撼于少妇的冷漠,公交车是没有了,你不可以打个出租车,让母亲享受一下出租车里空调的温暖?即使你没有带钱、路滑、交通规则不允许而不能带着母亲,你不可以让母亲坐上自行车,你推着她走?退一万步说,你不可以推着自行车和母亲一块儿走?

钢筋水泥改变了城市,城市淡漠了人与人之间的感情,也淡漠了儿女和母亲的感情,但母亲对儿女的感情确是亘古不变的,即使钢筋水泥的城市变成完全钢筋的城市,母爱仍旧是宽容的。

我要对你说

即使城市里的感情再淡漠,也不应该冲淡母亲和儿女之间的联系。宽容的母爱唤不醒女儿麻木的心灵,我们是否应该反思一下。现实中的你我,是否也曾厌倦过母亲为你所做的一切而无视母爱的存在呢?

第三章
Chapter 3

一起经营幸福

……眼泪真的是无与伦比的宝贝,仿佛能医治一切伤痛。而我还拥有父母完整的爱,拥有这片天空下明媚的阳光,拥有这个世界上太多的美好。

一位母亲与家长会

刘燕敏

第一次参加家长会，幼儿园的老师说："你的儿子有多动症，在板凳上连三分钟都坐不了，你最好带他去医院看一看。"

回家的路上，儿子问她老师都说了些什么？她鼻子一酸，差点流下泪来。因为全班30个小朋友，唯有他表现最差；唯有对他，老师表现出不屑。然而，她还是告诉了她的儿子："老师表扬你了，说宝宝原来在板凳上坐不了一分钟，现在能坐三分钟了。其他的妈妈都非常羡慕妈妈，因为全班只有宝宝进步了。"

那天晚上，她儿子破天荒地吃了两碗米饭，并且没让她喂。

儿子上小学了。家长会上，老师说："全班50名同学，这次数学考试，你儿子排第四十九名。我们怀疑他智力上有些障碍，您最好能带他去医院查一查。"

回去的路上，她流下了泪。然而，当她回到家里，却对坐在桌前的儿子说："老师对你充满信心。他说了，你并不是个笨孩子，只要能细心些，会超过你的同桌，这次你的同桌排在第二十一名。"

说这话时，她发现，儿子暗淡的眼神一下子充满了光，沮丧的脸也一下子舒展开来。她甚至发现，儿子温顺得让她吃惊，好像长大了许多。第二天上学时，他去得比平时都要早。

孩子上了初中，又一次家

长会。她坐在儿子的座位上，等着老师点她儿子的名字，因为每次家长会，她儿子的名字在差生的行列中总是被点到。然而，这次却出乎她的预料，直到结束，都没听到。她有些不习惯。临别，去问老师，老师告诉她："按你儿子现在的成绩，考重点高中有点危险。"

她怀着惊喜的心情走出校门，此时她发现儿子在等她。路上她扶着儿子的肩膀，心里有一种说不出的甜蜜，她告诉儿子："班主任对你非常满意，他说了，只要你努力，很有希望考上重点高中。"

高中毕业了。第一批大学录取通知书下达的日子，学校打电话让她儿子到学校去一趟。她有一种预感，她儿子被清华录取了，因为在报考时，她跟儿子说过，她相信他能考取这所学校。

她儿子从学校回来，把一封印有清华大学招生办公室的特快专递交到她的手里，突然转身跑到自己房间里大哭起来，边哭边说："妈妈，我一直都知道我不是个聪明的孩子，是您……"

这时，她悲喜交加，再也按捺不住十几年来凝聚在心中的泪水，任它打在手中的信封上。

我要对你说

并不聪明的"他"尽管得不到老师的重视，但母亲给"他"的信心和鼓励，让"他"最终获得了成功。那点点滴滴的进步和最后的成功都与母亲对"他"的爱息息相关。因为这位母亲懂得，鼓励可能创造出一个奇迹。

慈母恩情重如山

马文博

可以说，冯吉那一次绝对是有预感的，要不，怎么会喊出那句话呢？

那时，天阴得极深，乌云像是三年没洗过毛的白狮子狗，脏兮兮地伏在半空中。从娘娘山谷窜出的冷风，呼啸着在乌云和路面的狭小空间强劲地肆虐。密密麻麻的汽车，萎缩成只只可怜的甲壳虫，于天寒地冻的路面上小心翼翼地爬行……

冯吉早就被压得喘不过气来。尽管他命司机关了空调，可满身还是湿漉漉的。他解开胸前的纽扣，愤怒地吼道："超车！"

司机将头扭过来，胆怯而又为难："冯总……"

"超！"冯吉又吼了一声。司机不敢再出声，一咬牙，小车飞快地打着滑擦着前面面包车的车身摇晃着驰过，吓得面包车上的人一阵惊叫。

冯吉急啊！怎么天下的麻烦事一起落到了他头上呢？他的公司因无钱购原料已停产四天了，几千人的企业一天损失多少呢？可家家银行跟看笑话似的就不给他贷款；他的拳头产品"透心凉"牌空调，被一个奸商抢先注册，反咬他侵权，明天开庭；儿子参军，身高差两厘米不够待招线，妻子哭着要他快跑"关系"；还有，不知犯了哪门子邪，外甥女非要来他公司当秘书，他为难，可舅舅已骂了他三天了……屋漏偏逢连夜雨，这不，他的心腹财务科长竟窃走公司仅剩的30万潜逃。

手机响了。冯吉刚"喂"了声，就听对方骂起来："你还是不是人！真不要老娘了？"他愣了，是姐姐。可不是，前天就接了姐姐两个电话，乡下母亲突患脑溢血住院，院方连下三次病危通知。"我……一会儿就到。"冯吉匆匆挂了电话，双目紧闭。唉，累，真累！假如现在没有了他，这个家、这个公司、这个世界他妈的通通完蛋。

突然，司机怪叫了一声。朦胧中，冯吉瞥见一辆乌黑的大卡车以排山倒海之势迎面压来。他绝望地喊了句："大爷，再给三天……"只听"轰"的一声，什么都不知道了。

司机当场死亡。冯吉无大伤，却昏迷了18天。第十九天，当他苏醒时人们告诉他：银行已贷款，公司也恢复了生产；官司打平了，不输不赢；财务科长已抓住，款也追回；儿子已被特招；外甥女已到公司上班，如愿当了秘书……他呆呆的，身子一下子软了许多。猛然，他想起母亲，不顾阻拦坚持要回乡下。

母亲脸色惨白，目光呆滞，气若游丝。当冯吉泪流满面而紧紧地握住母亲的手时，母亲的眼睛一下子明亮起来，像一道彩虹，紧接着永远地熄灭了。

姐姐哭道："娘不肯走，就是想见你一面啊！"

冯吉号啕大哭。他忽然明白了——其实，这世界上，无论什么事离了他都行，唯一离不开他的只有自己的老娘！

我要对你说

生活中，也许有很多亲朋好友依靠于你、求助于你，只有母亲对你一无所求；当那些人不再需要你而抛弃你的时候，只有母亲依然守护着你，带着那独有的慈爱，带着那坚信的眼神，在人生路上为你遮蔽烈日风雨，陪你走向幸福之路。

母亲的偏方

肖保根

5年前的一天,正在讲台上教书育人的我,突然接到一个不幸的通知:远在清华求学的儿子突然瘫痪了!我们夫妇马上赶到北京的一所医院,大夫告诉我们,儿子患了一种罕见的疾病:胸部以下毫无知觉。按照现在的医疗水平,治愈的可能性几乎为零。

既然正规医院没有好的治疗办法,我就到民间四处寻找"偏方",只要知道哪位瘫痪的患者治好了,不管多远,我都上门请教,索求"偏方"。

一次,我骑自行车到几十公里外的山村求偏方未果,在回家的路上已是晚上11点多,当骑到一座大桥的时候,由于天黑看不清道路,一下骑到了路旁的沟里,摔了一个嘴啃泥,连日来的忧虑、伤心、劳累与失望,使我躺在地上号啕大哭,真想纵身跳进河里一下解脱。然而,想起儿子没有母亲的支撑,更是生存无望,我打消了轻生的念头,又面带微笑地回到了儿子的身旁。

微笑着照顾病人是一位医生给我的"偏方"。这位医生告诉我,他从医几十年,治愈病人无数,从中发现:只要护理者经常面带微笑,充满信心,病人的病就容易康复。此时,为了照顾儿子,我已离开了心爱的讲台提前退休;家中的一些积蓄也已经花费一空;儿子的情绪极度消沉；所有的努力也许最终只是徒劳……面对如此之多的无奈与窘迫，我有的只是终日以泪洗面，哪里还能笑得出来呢？然而，为了使儿子能重新站立起来，我一定要笑出来！我跑到麦当劳快餐店，向店员学习国际规范的"露8颗牙微笑法"；每天对着镜子练，以保证自己每天以一个充满自信的母亲形象出现在儿子面前。事实证明：我的"微笑偏方"让儿子在精神上始终没有向病魔妥协，他总是充满自信、精神乐观。

我还自创了"暗示偏方"。今天告诉儿子："你的脚拇指刚才动了一下。"明天又鼓励儿子："你今天脸上的气色好多了。"再就是把当今治疗瘫痪的医学信息以最快速度告诉儿子，以提高儿子战胜病魔的勇气。

为了转移儿子的注意力，我运用了"事业偏方"引导儿子面向学习，从学习中汲取生存的勇气。在护理的空隙，我就会拿起笔来，把自己几十年的教学经验总结出来，形成文字，向杂志社投稿；当文字成为铅字时，我就会让儿子与我一起分享这成功的喜悦。这招还真管用，在病情稳定时，儿子主动要求重返校园，校方答应了我们的这个请求。于是，在清华校园，一位母亲推着轮椅的特写镜头便成为一个聚焦的亮点，儿子带病求学的事迹也成了学校德育教育的好教材。

两年后，儿子顺利地研究生毕业，又准备考博；这时，儿子的健康状况有了好转，胸部以下也慢慢地有了一点知觉。我信心百倍地带着儿子回到了家乡，一边复习考博，一边进

行治疗。这样又过了几年。一天,我推着儿子到新华书店买书,突然,一辆失控卡车向我们冲来,在这千钧一发之际,儿子竟从轮椅上站了起来,拉着我向旁边躲避,我俩一下子跌倒在马路边。企盼了5年的奇迹终于出现了,顾不得察看身体的伤情,我一下抱住儿子大哭起来,母子俩都流下了苦尽甘来的泪水……

偏方治绝症,母爱创奇迹;母爱无所不在,母爱无所不能。

我要对你说

母亲是伟大的,她总是在无私地奉献着一切;母爱是执着的,始终如一的笑容战胜了一切。正是这伟大而执着的爱创造了生命的奇迹、成就了孩子一生的幸福。所以,用心去爱我们的母亲,你便会觉得幸福。

血 爱

李冰沽

朋友刚满月的小孩生病住院，我前去探望。见她正把一个透明状的器皿罩在乳房上，并不停地挤压乳房。刚开始挤出的还是乳汁，后来竟变成了血水。我大感惊异，忙问是怎么回事。朋友很平静地告诉我，因为孩子生病，怕感染，医生嘱咐她两个月内不准给孩子喂养母乳。在这期间，如果不把乳汁挤出来，就会回乳，孩子以后将吃不到母乳了。为了防止回乳，她必须每天都把乳汁用吸奶器吸出来，吸的次数多了，导致乳房肿胀，并不时有血水溢出。

"那一定很痛吧？"我问。

"傻瓜！血都出来了，还有不痛的道理？"她冲我苦笑了一下。

"那就干脆让它回乳算了呗！"

"回乳？！"她睁圆了眼睛望着我，仿佛不认识似的。那眼睛里渐渐充满了泪水，全没了最初的平静。

"我的小孩子才刚满月呢，再过两个月，也才只有三个多月，那么小就没有奶水吃，多可怜啊！"她把目光移到孩子瘦弱的小脸上，颤声道，泪水顺着脸颊淌了下来。触景生情，我不知道

它里面包含了多少的怜惜与无奈。

我不敢再说什么，怕她会更伤心。最初我只是想到了她的疼痛，却没想到这疼痛在母性的慈爱面前是如此的微不足道。血浓于水，我再没有理由不相信。

有一种爱，是用血来维系的，它存在于整个生物界。在这种爱面前，任何语言的描述都是苍白无力的。我记得有这样一种蜘蛛，在它出生之后，立刻要把老蜘蛛吃掉，而老蜘蛛竟毫无反抗之举，任小蜘蛛咬食，直到整个躯体变成了小蜘蛛的美餐，于是小蜘蛛长大，又开始了新一轮的繁衍。当时我对此颇感奇怪，现在我终于理解了，生物界既有原本的生物链规律，又有母亲对幼子发自内心的伟大的爱。由此我相信，如果需要，我的朋友也会毫不犹豫地用自己的生命来换取她孩子的健康的。沧海桑田，世事变幻，而生命长存不息，延续至今，是因为有一种爱从未改变，那是血爱。

我要对你说

爱可以让人舍弃一切。为了自己的孩子能吃上母乳，母亲不惜忍受疼痛的折磨。当孩子吮吸到母亲的奶水时，获得的不只是生命的养料，更是母亲那血浓于水的爱。

自始至终的爱

吴 鼎

他家祖孙八代都是面朝黄土背朝天的农民，他偶尔进城，看那高楼林立的城市、熙熙攘攘的人群，他知道了做一个城里人的悠闲和自得，但他想，那不是自己的生活。直到有一天，他发现自己的儿子是那么聪明，他突然意识到了，应该让自己最喜欢的儿子成为一个城里人，让他过上比自己好的日子。

要想把儿子培养成为一个城里人，最简单（当然也可能是最困难）的方式是让儿子上大学，一大家子人，只靠他和妻子种那二十来亩薄田，收入只够糊口。但是为了培养儿子，他四处举债，硬是把儿子送到了城里的重点中学读书。争气的儿子没有辜负他。

2000年，儿子终于考上了北京大学。这时，他已欠下了近十万元的债务。儿子在学校的一切活动他都全力支持，只是儿子提出要登山时，他犹豫了，但也只是犹豫，最后他还是答应了儿子，借钱寄给儿子作为登山的费用。因为，那是学校的一个集体活动，他不能让学校的老师和同学说儿子不愿参加集体活动。

可是，儿子这一去就没有回来。当学校把他和妻子接到北京后，告诉他们，孩子们遭遇了雪崩……他悲痛欲绝，但他没有哭，他是个硬汉子，他要照顾好同样悲痛的妻子，劝说妻子节哀。

几位遇难学生的家属向校方提出了一些要求，家属们商量：学校是有责任的，我们要盯住校方，让他们满足我们的要求。大家一次次地向校方交涉，双方僵持着。学校分别找几个家长谈话，劝说他们后事处理完了，回去吧。

遇难学生家属的代表家长与大家商定：不满足我们的要求，绝不离开。可是，当学校宣布一切后事处理完毕后的第二天，他领着妻子，没有与任何人打招呼，便悄悄地离开了北京。

刚到家，北京的电话就打来了，是家属代表的声音，"你怎么能走呢？你怎么能偷偷地不辞而别呢？孩子们的事不能就这样完了，而且你儿子是最冤的一个，他不该死，他本来不是 A 组的，是 C 组的后勤，是临时换上冲顶的。你说学校没有责任吗……你难道不知道，我们坚持下去，他们就会答应我们的条件，你那些欠款一下子就可以还清了……你这样做是为什么？难道你不爱自己的儿子吗？"

他沉默着，只是听，"你到底为什么偷偷跑回去呢？你说话呀。"电话里的声音吼叫着。

他哽咽着说："你爱儿子，我也爱儿子，正是因为我太爱儿子了，我才这样做的。因为……因为孩子在学校表现得那么优秀,学校领导、老师和同学,上上下下对儿子印象那么好,我担心我们这样与学校僵下去,对儿子影响不好……"

对方什么话也没有再说,一会儿,电话挂断了。不久,那些家长们也离开了北京。遇难者家属与校方的冲突就这样解决了。这位家长就是北京大学山鹰社在西夏邦玛西峰遇难的学生之一张兴佰的父亲张清春——黑龙江省齐齐哈尔市梅里斯区腰店村的一位普通农民。

我要对你说

父爱没有时空的阻隔,没有名利的牵绊,质朴却又浓厚。文中那位深爱着儿子的父亲,在儿子生前死后,处处为儿子着想。父亲离开的道理是对的,因此得以感染其他家长。父亲如此深明大义,只源于对儿子自始至终的爱。

樱桃树下的母爱

檀小鱼 译

蒂姆 4 岁这年，一贯花天酒地的父亲向母亲提出了离婚。母亲带着他搬到了马洛斯镇定居。

马洛斯镇的尽头有一个大型的化工厂，工厂附近有许多美丽的樱桃树，蒂姆一眼就喜欢上了这里。

蒂姆在新的环境中生活得十分愉快。他喜欢拉琴，每天都拿着心爱的小提琴来到院子里的樱桃树下演奏。

伊扎克·帕尔曼是蒂姆最喜欢的小提琴家，他跟蒂姆一样，小时候便患上了小儿麻痹症，终生残疾，无法站立演奏，但他却以超常的毅力克服了困难，最终成为世界级小提琴大师。母亲常以此激励蒂姆，蒂姆也没有辜负母亲的期望，几年过去了，他的琴技日渐提高，悠扬的乐声是他们生活中最美妙的伴奏。

不幸再一次降临到了这对母子身上。化工厂发生了严重的毒气泄漏事故，距离化工厂最近的蒂姆家受到了严重的影响。蒂姆时常恶心、呕吐，最可怕的是他的听力开始逐渐下降。医生遗憾地表示蒂姆的听觉神经已被严重损坏，仅保有极其微弱的听力。

母亲狠下心把蒂姆送到了聋哑学校，她知道要想让儿子早日从阴影里走出来，就必须尽快接受现实。医生提醒过，由于年纪小，蒂姆的语言能力会由于听力的丧失而日渐下降，因此即使在家里，母亲也逼着蒂姆用手语和唇语跟她进行交流。在母亲的督促和带动下，蒂姆进步很快，没多久就能跟聋哑学校的孩子们交流自如了。樱桃树下又出现了蒂姆歪着脑袋拉琴的小小身影。

看到儿子的变化，母亲很是欣慰。和以前一样，每次只要蒂姆开始在樱桃树下拉琴，她都会端坐在一边欣赏。不同的是，演奏结束后母亲不再是用语言去赞美，取而代之的是她也日渐熟练的手语和唇语，以及甜美的微笑和热情的拥抱。

可蒂姆的听力太有限，他很想听清那些美妙的旋律，但他听到的只有嗡嗡声。蒂姆很沮丧，心情一天比一天坏。

看儿子如此痛苦，母亲不禁伤心地流下泪来。一天，母亲用手语对蒂姆"说"道："孩子，尽管你不能完全听清楚自己的琴声，但你可以用心去感觉啊！"

母亲的话深深地印在了蒂姆心里，从此他更刻苦地练琴，因为他要用心去捕获最美的声音。为了让蒂姆的琴技更快地提高，母亲还想出了一个妙招——镇上没有专业教师，母亲就用录音机录下蒂姆的琴声，然后再乘火车找城里的专家进行评点。为了避免有所遗漏，她还麻烦专家把参考意见一条条地写下来，好让蒂姆看得清楚。

可蒂姆发现，只要自己演奏较长的乐曲，有时明明超过了50分钟，早到了该翻面的时候，可母亲还看着自己一动不动。事后蒂姆提醒母亲，母亲忙说抱歉，笑称自己是听得太入迷了。后来，只要录音，

133

母亲都会戴上手表提醒自己，再也没出现过任何疏漏。

樱桃树几度花开花落。在法国的一次少年乐器演奏比赛上，蒂姆以其精湛的技艺和昂扬的激情震撼了在场所有的评委，当之无愧地获得了金奖。而当人们得知他几乎失聪时，更是觉得他的成功不可思议。许多人把他称为音乐天才。更幸运的是，蒂姆的听力问题也受到了医学界的关注，经过巴黎多位知名专家的联合会诊，他们认为蒂姆的听力神经没有完全萎缩，通过手术有恢复部分听力的可能。

手术很快实施了，手术后的效果很理想，医生说再配上人造耳蜗，蒂姆的听觉基本上就能与常人无异了。

这段时间，母亲一直陪伴在蒂姆身边。配上耳蜗的这天，蒂姆表现得特别兴奋，他用手语告诉母亲："从现在起，我要学习用口说话，您也不必再用手语和唇语跟我交流了。"他甚至激动地拉起了小提琴，用结结巴巴的声音说："母亲，我能听见了，多么美的声音啊！"然后他又问道："母亲，您最喜欢哪首曲子，我现在就拉给您听好吗？"

但奇怪的是，母亲似乎根本没有听见他的话，她依然坐在那里含笑看着他，保持着沉默。蒂姆又结结巴巴地问："母亲，您怎么不说话啊？"这时，护士小姐走了过来，她告诉蒂姆，他的母亲早已完全失聪。蒂姆睁大了眼睛，直到这时，他才知道了真相：原来，在那次毒气泄漏事故中损坏了听觉神经的不只是他，还有他的母亲，只是为了不让蒂姆更加绝望，母亲才一直将这个痛苦的秘密隐藏到现在。母亲的绝大部分时间都是和蒂姆用手语和唇语交流，因为很少开口，如今都不怎么会说话了。蒂姆想起年少时对

母亲的种种误解，不由得抱着母亲痛哭起来。

　　蒂姆和母亲回到了家中，初春时节，在开满粉红花瓣的樱桃树下，伴着柔柔的和风，蒂姆再次为母亲拉起了小提琴。他知道，母亲一定听得到自己的琴声，因为她是用心去感受儿子的爱和梦想。虽然他当年在母亲那儿得到的只是无声的鼓励，但这其实是一个伟大的母亲奉献给儿子的最振聋发聩的喝彩。

我要对你说

　　我们在那无声的世界中，聆听那发自心灵的音符，感受那无声的母爱、无私的给予，从而体会到樱桃树下诗意般的幸福——一份饱含辛苦与期待的幸福。

送给沃尔特一家的圣诞花篮

汪涵 秋影 译

那年圣诞节前,妈妈说:"你们都已经长大了,不能再像小时候那样要圣诞礼物了。"其实,在我们这个小区,并不是只有我们一家要过一个困难、贫穷的圣诞节。

圣诞前夕,我和妹妹一起蜷缩在被窝里。"我怎么能穿那件旧衣服呢?我都穿好多次了!"我抱怨道。

"我能理解你,"妹妹说,"我想我也只好不要奢望能拥有一匹马了。"

"就是。即使我们真的有了一匹马,也不知道把它放哪儿。"我说。

妹妹回过头来,不满地瞪了我一眼。我的话打破了她最后一丝希望。

第二天一大早,妈妈告诉我们准备在圣诞节前给沃尔特一家送一个圣诞花篮。她的话在我那伤痕累累的心上撒了一把盐。

沃尔特一家看起来就像是流浪之家，他们不洗澡也不洗头发。一直以来，我总是替他们感到非常难堪。

无奈，妈妈的决心已定，我们只好按照妈妈的吩咐去做。

在前往沃尔特家的路上，我们发现妈妈给他们家的每个孩子都准备了一份小礼物，把它们藏在了那些食物的中间。我实在想不通，妈妈怎么能对别人的小孩如此慷慨呢？要知道，我们自己也不富裕啊！

但是，气愤归气愤，我们还是把礼物送到了沃尔特家门口。我们使劲地敲了敲他家的房门，把圣诞花篮放在门前的台阶上，然后飞快地跑到树丛中藏了起来。

片刻之后，沃尔特家有人开门出来，把那篮东西拿进屋，然后关上了房门。

"看到他们收到礼物时的表情，那是最值得开心的。"妹妹天真地说。

两天过去了，圣诞节那天一大早，我打开我的圣诞礼包时，惊呆了：里面正是一件我梦寐以求的新衣服，而妹妹得到的礼物竟然是一把马梳。妹妹不解地望着妈妈，我也非常迷惑。

正当我们迷惑不解的时候，爸爸骑着一匹马来到了落地窗前。哦，那不正是妹妹梦寐以求的马吗？

当妹妹确认眼前的一切是真的之后，"哦，我的天啊……我的天啊！"她一边兴奋地尖叫着一边飞快地跑出屋子去见她的新朋友。

"哦，妈妈，这一切究竟是怎么回事啊？"我迷惑不解地望着妈妈，"我们都已经准备好过一个没有礼物的圣诞节了。"

"噢，其实也没有什么，只要我们每个人都多点儿奉献精神就行了。它不是交换，而是互相帮助。这不，服装店的奥尔森夫人让我先把你的这件礼物带回家，尽管我暂时并没有钱给她。当我们得知琼斯先生有一匹马需要有人精心照料的时候，我们真是高兴极了，当然，琼斯先生得知我们愿意照料他的马的时候，也非常高兴。但是，让我们头疼的是，我们没有地方可以安顿那匹马。一时之间，我们又都感到非常失望非常遗憾。可就在我们一筹莫展的时候，住在路口的拉森一家就提出我们可以使用他们家的牧场，并且允许我们把马儿关在那儿。"

"可是，妈妈，我们家的食物连自己都不够吃，您还分出一部分送给沃尔特一家，我看他们是不会有什么东西可以送给我们作为回报的。"

"话可不能这么说，孩子，我想他们总有一天会的。其实我们自己所需要的已经足够了，只不过是把多余的部分拿出来与别人分享而已。毕竟，我们所拥有的一切都是上帝恩赐给我们的，不论是谁给予谁，这都无关紧要，只要我们始终都保持一颗善良的心，那么，我想我们每个人都会得到他应该得到的礼物的。"

正在这时，我听到窗外传来了妹妹的欢笑声。于是，我转过头，望向窗外，只见妹妹正兴高采烈地骑在那匹马上，那洋溢着笑容的小脸就像是绽开了美丽的鲜花。看着看着，我不禁又想起了她曾经为我描述过的沃尔特一家收到我们送给他们的圣诞花篮时脸上所流露出的表情。是的，那种"拥有"的感觉的确比任何礼物都要珍贵得多啊！

就在那年的圣诞节，我终于懂得了给予的魅力。

我要对你说

对别人慷慨就是对自己慷慨。只有慷慨地给予他人，并受过别人帮助的人，才能深切体会到收获时的幸福与快乐。勇于奉献，甘愿为社会、为他人服务的人是崇高的，他们给予了世界爱和美，他们谱写出了一曲曲和谐的乐章。

无声的感恩曲

周海亮

画画对他来说其实是一个意外。小学二年级那年暑假，他在村外山坡遇见一位前来写生的姑娘。姑娘穿着宽大的汗衫，一边快活地哼着小曲，一边往面前的画纸上优雅地涂抹着绚丽的色彩，绿树红花，栩栩如生地落到纸上，他竟看得痴了。回了家，他对父亲说："我想画画。"

想画画容易，寻一根草棍，在院角的泥地上乱抹；或者，拿一根铅笔，在用过的旧作业本上涂鸦。可是他记住了画夹和颜料。他在父亲面前不停哭闹，用一个孩子能想出来的所有手段胁迫父亲。实在没办法，父亲只好去镇上的供销社帮他打听。回来，父亲说："你能保证好好画吗？"他赶紧点头。父亲不再说话，踅进羊圈，牵走家里的奶羊。当时，那几乎是家里唯一的收入来源。

母亲在他三岁的时候撒手而去。他只有父亲。

父亲在供销社里仔细询问。他问营业员："画画真有用吗？"人家说："有用，当画家，吃皇粮。"父亲问："当不了画家呢？"人家说："那当美术老师，还吃皇粮。"父亲说："当不了老师呢？"他就摇着父亲的手说："买吧买吧，我肯定能当老师。"父亲笑笑，摸摸他的头，交了钱。他年幼时不负责任的一句空洞誓言，却让父亲寄托了无限的期望。

　　很快他就发现画画并不如想象中那样好玩。当他上到高中，每天面对一堆冰冷的石膏像，那种厌恶感便与日俱增。可是他仍然考上了大学，读美术系。尽管不喜欢，但他认为美术将毫无疑问成为他一生所要从事的职业，因为一只奶羊，因为一个画夹，因为一句不负责任的话以及父亲的殷切期待。

　　大学时他第一次看到了钢琴。那时很多同学在校外租了房子，他也和另外一位同学合租了一间简陋的宿舍。他要强迫自己练画，而他的同学正在疯狂地练琴。他们需要一个安静且无人打扰的住所。

　　他给那位同学画了很多张练琴时的速写。每画一张，他心中的那根神经便要被拨动一下。他终于忍不住了，某一天，他第一次触摸了那架钢琴。当他的手碰到黑白分明的光滑琴键时，心就开始狂跳不已，就像面对一位暗恋多年的姑娘。他想，他的人生或许会因为面前的这架钢琴，发生彻底的改变。

　　几天后他在钢琴上连贯地弹出了他平生的第一首曲

子。他的同学惊叹不已，直说："你是天才啊！"他没有听见，那时的他完全沉浸在一种无法比拟的欢愉之中。琴声中他看到了蓝天白云，看到了家乡贫瘠的山坡，看到了辛勤劳作的父亲，以及一只抖着粉色嘴唇的奶羊。

他疯狂地喜欢上钢琴，只要同学不用琴，他准会端坐在那儿，一曲接一曲地弹。的确，他是天才。仅用了半年时间，他弹奏的水平便几乎超过练琴多年的同学。那次他的同学请来一位老师，老师仅听他弹了一支曲子，便肯定地说他将来必成大器，老师收他当了学生，他却没有自己的钢琴。他的专业是美术，他没有走进学校琴室的权力。只有在他的同学不练琴的时候，他才能抓紧弹几下。后来他发现这不是长久之计，因为那架钢琴很少有休息的时间。而当钢琴要休息时，他的那位同学同样需要休息。

并且，那位同学大他两级，马上面临毕业。这意味着他能够摸到钢琴的机会将会越来越少。

父亲从老家来看他，给他带来了咸鸡蛋、红薯干、零用钱和一堆杂七杂八的东西。晚上父亲住在那里，他给父亲弹琴。父亲说："你不是画画吗？"他说："是。"父亲说："怎么又弹琴了？"他说："弹着玩。"他想告诉父亲钢琴现在几乎成了他的生命。他想告诉父亲他多么想要一架属于自己的钢琴。他张了张嘴，终于没说出来。他知道，买一架钢琴，对他和他的父亲来说是不可能的事。他曾经去城里唯一的一家琴店看过，最便宜的钢琴也得12000块钱。12000块，那是一笔多么巨大和可怕的数字。

他和父亲挤在同一张床上睡觉。那天，他翻来覆去，一夜未眠。

第二天，父亲要走的时候突然问他，买那样一架钢琴，得多少钱，刹那间他无地自容。其实从昨天一直到现在，他的眼神，他的动作，他的叹息，都向父亲传达着一个同样的讯息：他太想拥有一架钢琴了，这些细节中的任何一个都会轻易将他出卖，让敏感的父亲洞察。

他没有告诉父亲。他怕父亲伤心。父亲问他的同学："钢琴弹好了，有用吗？"同学说："弹好了能成大师。"父亲问："成不了大师呢？"同学说："你儿子能，只要有一架自己的钢琴，只要苦练，他准能。"父亲问大师是干什么的，同学没法回答了，不过他给父亲举了一个简单的例子，他说能开个人演奏会。很多人在台下看，演奏者穿着燕尾服，在台上弹。父亲问："现在学不晚吗？"同学说："别人也许晚了，但你儿子肯定不晚。"父亲问："吃皇粮吗？"同学笑了，父亲也笑了，他的脸却红了。父亲收拾了东西，要走。父亲说："好好画你的画。这架钢琴，可能得好几百吧，咱买不起。"他点点头，想哭，却咬紧牙，若无其事的表情。

他发誓不再摸琴，可是他办不到。他每时每刻都想扑在同学的钢琴上。他欺骗不了自己。

三个月后父亲来了。父亲的第一句话是画画得还好吗，他说还好。父亲笑了，说你骗谁，父亲说这次来，是给你买钢琴。说完父亲掏出一个布包，那里面，包着12000块钱。父亲很抱歉地说："只有这些钱，我去问了，这些只能买个最便宜的。"他没敢问父亲哪来的钱。他想就算父亲把家里所有的东西都卖了，也凑不出这么大一笔钱。他和父亲一直没有说话，他们把钢琴搬回来，请人调好，然后坐在那里发呆。父亲说："你不弹一首曲子给我听？"他就弹，弹得婉转流畅，声情并茂。父亲听完，拍拍他的肩说："你已经长大了，从此以后，自己的事，自己做主。好好弹，成

大师，将来开演奏会的时候我要坐前排。"然后父亲走了，父亲走得很慢，似一位蹒跚的老人。其实，父亲真的老了。

　　本来他已经跟父亲说好了，那个寒假，不打算回家了，因为他要抓紧时间练琴。后来他发现自己是那样地想念父亲，就突然回到了村子，却找不到家，找不到父亲。他的家，住着另外一户人家。村人告诉他，你的父亲，他上了山。

　　村后的山窝里，有一个很大的石场。几个月前，父亲卖了房子，住到了山上。石场老板也是村里的，经过父亲的再三恳求，他预付了父亲一年的工钱。然后，父亲把这一年的工钱、卖房子的钱、多年的积蓄，加在一起，给他买了一架钢琴。

　　钢琴和多年前那个画夹，都是他自私的梦想。在他有了画画和弹琴的冲动的那一刹那，他根本没有为父亲考虑。多年前，父亲为他卖掉家里唯一的一只奶羊；现在，父亲为了他，又卖掉了他住了一辈子的赖以遮风挡雨的房子。

　　父亲住在四面透风的乱石搭成的窝棚里。他比几个月前更加苍老。他每天在山上放雷采石，那工作不仅劳累，并且危险。那天他站在父亲面前，突然想给自己的父亲跪下。最终他紧紧拥抱了父亲，那是他第一次拥抱父亲。他的泪打湿了父亲的肩头。倒是父亲慌了，他说："你怎么找到山上来了呢？"好像让儿子知道了自己生活的窘迫，父亲深为不安和自责。

　　回去后他疯狂地练琴。他想早些成名。他对父亲说，有了钱，他会在城里给父亲买一个大的宅院。他相信他能。可是他再一次遇到了麻烦。和大多数职业的大多数人一样，当他的水平达到一个层次，他就陷入了停滞不前的困境中。每前进一步都异常困难。

　　有一段时间他想放弃，可是他想到了父亲，想到父亲那个四面透风的窝棚，想到父亲苍老的面容。他努力让自己坚持一天，再坚持一天。父亲仍然会来看他，给他带一些零钱，带一些零散的鼓励。其实他怕父

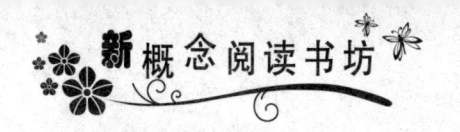

亲来，他怕面对自己的父亲会再一次哭出声来。

终于，在大学毕业后的第六年，他有能力并且有资格开个人演奏会了。他第一时间赶回老家，要把这个消息告诉父亲。可是他却发现父亲茫然的神色——父亲听不见了。父亲在一次放炮采石时，跑得慢了，出了意外。他的耳朵被震聋，听不到任何声音。

为了让他能有一架自己的钢琴，父亲卖掉了房子；为了让他能在外面有继续打拼的最低生活保障，父亲拖着年迈的身体给人打工。而当他今天终于成功之时，他的父亲，却不能够听见他的琴声！

他终于给父亲跪下。他抱着父亲的腿，号啕大哭。父亲说："你现在成功了，能开个人演奏会了，成大师了，我们该高兴才对，你哭什么呢？"他不说话，却哭得更凶。父亲说："虽然我的耳朵听不见了，眼睛不是还没坏吗，能看到你坐在台上，能看到你的手指在琴键上弹奏，就跟听到你的琴声一样幸福——我真的可以听到。"

他信。他相信自己的父亲能用眼睛听到他的琴声。

他在城市里开了10场个人演奏会。连续的10场，每天一场。他给父亲留了剧场中最好的座位。他的父亲能够清楚地看到他弹琴时的每一个面部表情和手指的每一次跳动。每天父亲都坐在那里，安静地看着身穿燕尾服的他，看他的手指在黑白琴键上熟练地行走和跳跃。父亲眯起眼睛，仿佛真的听到了美妙的琴声。满足和幸福的表情在父亲的脸上静静地流淌。

每次，他都会用父亲买的那架钢琴弹奏出第一首曲子。在那个华丽的舞台上，那架钢琴无疑显得太过土气和寒酸。可是每次他都会站在那架钢琴前，跟观众说几句话，然后坐下，抬起两手，开始演奏。

他对听众说："这首曲子，献给我的父亲。"

其实那架钢琴，发不出任何声音。几个月前它就坏了，他曾试图修好，可是没有成功。其实有没有声音，对他的父亲来说，都是一样的。

父亲在意的，只是他弹琴时的样子。可是他仍然会郑重地对所有的观众说："这首曲子，献给我的父亲。我要用父亲送给我的钢琴，为他弹一首感恩曲。"

他的个人演奏会，场场爆满。剧场内的每一位听众都在静静地聆听那首无声的感恩曲，然后热烈鼓掌。

包括他的父亲。

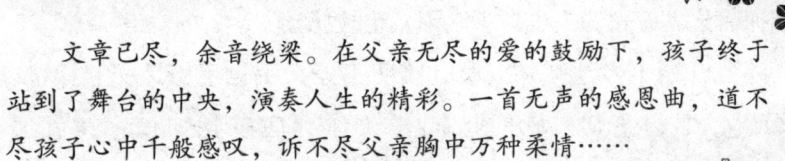

我要对你说

文章已尽，余音绕梁。在父亲无尽的爱的鼓励下，孩子终于站到了舞台的中央，演奏人生的精彩。一首无声的感恩曲，道不尽孩子心中千般感叹，诉不尽父亲胸中万种柔情……

藏起母亲的秘密

张 翔

母亲病了,在特别繁忙的工作中倒下并住进了医院,卧床不起。远在故乡的外婆知道了,爱女心切,立即拖着臃肿的身体,从千里之外的南方小城焦灼地赶来看望母亲。母女俩阔别已久,待病床前见面时,居然相拥而泣,惹得旁人也掉了眼泪,也被感动了。

外婆开始不停地嘘寒问暖,唠叨不停,手也不停地交互揉搓着,可见她心中的急切。她问母亲:"你到底感觉如何,气色这么不好?"

母亲微笑着说:"感觉还好,就是没有什么食欲,米饭都不想吃。"

外婆急了,说:"孩子,不吃东西怎么行呀?你好好想想,到底想吃点什么?"

母亲诡异地笑了:"其实我就想吃你包的芹菜饺子。"外婆顿时微笑起来,仿佛终于找到了治病的良方,拍膝而起,说:"好!我去给你包,你小的时候最喜欢吃的就是芹菜饺子！"

说完便起身拉我回家，和面包饺子去了。在家里和面包饺子的时候，外婆不让我插手，因为我向来不进厨房，她怕我坏了她的好事。

我在厨房门口悄悄看着，外婆包得极为细心，搓揉扭捏间，老泪轻流。一个多小时后，芹菜饺子终于做好了，个个饱满鲜香，外婆将它装进保温饭盒，扯着我就匆匆出门了。

外婆一路上步子走得很急，颤颤巍巍的。我知道她定然是怕饺子凉了！到医院的时候，母亲见着饺子就高兴起来，仿佛犯馋很久了，连忙伸手去接，却忽然想起自己的手脏。于是要外婆去打点水回来洗手，外婆自然起身去了。刚去一会儿，母亲又对我说："儿子，这儿离卫生间有点远，去帮帮外婆端水。"于是我也去了。

把外婆接回来的时候，我们忽然看见母亲已经吃开了。母亲笑着说："嘴巴实在馋了，干脆吃了。"我看母亲的饭盒，里面只剩三两个饺子了。外婆责骂她还是那样嘴馋，脸上却浮起笑容，因为母亲终于还是吃下东西了。

接下来的几餐，母亲依然病重，但食欲却变好了，总是把外婆包的饺子吃个精光。第二天晚上，我留下来陪母亲。母亲在一旁看书，而我坐在桌前写东西。此间，一个不小心，笔掉在了地上，滚进了母亲的病床底下，于是伸手去摸，笔没摸到，却摸到一袋东西。拖出来一看，我满脸惊讶，竟然是一大袋饺子。

我连忙问母亲怎么回事，母亲叫我塞回去，红着脸说："待会儿你拿去扔了，不要让外婆看见了。"

我问："饺子你都没吃呀？"

母亲叹气说："我一点食欲都没有，哪吃得下呀？不要让外婆知道了，她知道我没有吃，会很担心的。"

"你没食欲,那你还让外婆包饺子干什么?"

"你外婆千里迢迢来照顾我,要是帮不上忙,眼睁睁地看我生病,会很伤心的。知道不?"

我顿时被母亲的话震撼了,终于醒悟过来:原来母亲让外婆包饺子却又用心良苦地深藏起来,居然只是为了成全老人的一番爱意,减轻老人担心而已。我提着一袋沉甸甸的饺子来到病房后院,扬手一挥,饺子隐没在黑色的夜里。秘密已经被我藏起来了,但是我知道有一种沉甸甸的深藏心底的爱意,却永远挥之不去。

无论年龄增长了多少,母亲的心却永远不变,关心子女的一举一动,是母亲的天性。

我要对你说

无论是外婆对母亲的爱,还是母亲对外婆的爱,都是那么真挚感人。爱在一代代的人之间传承,爱让一个家庭变得温馨和谐,爱给予了人们生活下去的力量。珍藏一份爱,珍藏人间真情。

一起经营幸福

郝先生

我有个朋友在农学院开超市,那天我到他店里找他,忙得不亦乐乎的他见到我的第一句话竟是:"阿坚,快帮我做会儿生意!"

确实是忙。要开学了,不断有新生家长领着孩子在店里买席子、挑蚊帐、选台灯……

我看到一对父子在那几款台灯前挑了好久,嘴里还小声地争论着什么,便主动迎了上去,问:"请问喜欢哪种款式啊?"

那位父亲转过头看我,憨厚的脸上竟有些羞涩,一看就是位朴实的农民。他指着边上一只浅蓝色的带小闹钟的那款说:"就……就要这种!"

我一看，价格牌上标着 48 元，是最贵的一种，便说："有眼力，这台灯颜色清爽，又带闹钟，既美观又实用——我给你装到盒子里？"

"不要！不要！"旁边那孩子一下涨红了脸，拿着另一盏相对比较简易的红颜色的台灯说："我买这个。"我看到挂在旋钮上的标签上写着 18 元。

哪知道他父亲居然跟他抢了起来，说："娃，爹买得起，咱买个好的，不伤眼睛，耐用……"硬是把那只淡蓝色的台灯拿到了我面前，憨憨地笑："我娃怕我没路费回家呢，我带了不少钱哩。"

他嘴里说着，从发旧的人造革提包里掏出一个小布包，打开来有一摞钞票，叠得整整齐齐的，最下面是 20 元的，还有 10 元的、5 元的、2 元的，最上面有十几张两角的，厚度蛮高，其实充其量也就 200 元钱。他喜滋滋地一张一张数钱给我，说："我娃眼睛好使着呢，我要买个好台灯。"

我看着他数钱的粗糙的手，突然鼻子有些发酸，这是双和我老家农村那些父老乡亲一样的手，攥惯了锄头，点起钞票却是那么笨拙。他们的钱全是用辛勤的汗水换来的，得来是那么不容易，但如果他们的孩子上学有出息，他们会毫不犹豫把钱拿出来，孩子的成功就是他们一生的宏愿啊。为了孩子，天下的父母什么都舍得！

我小心地把那盏台灯装在纸盒里，郑重地递给那个腼腆的孩子，看着他的眼睛说："好好利用它，好好用功。"

那孩子低下头，轻声说："是，叔叔。"

我盯着这对父子走出很远。孩子捧着宝似地捧着台灯在前面走，父亲拎着小包在后面颠颠地跟着，他们一起向宿舍楼走着。我想，这对憨厚朴实的农村父子，正一步步坚实地走向他们的理想……

我要对你说

父母不管吃多少苦，都会尽力给孩子最好的。城里的父母如此，农村的父母甚之！而对父母最好的回报，就是要用功读书、努力工作！否则，对不起的，是父母的一份厚望！

敬　启

　　本书的编选参阅了一些报刊和著作,由于多种原因我们未能与部分入选文章作者(或译者)取得联系,在此深表歉意。敬请原作者(或译者)见到本书后,及时与我们联系,我们将按国家有关规定支付稿酬并赠送样书。

联系方式
联 系 人：杨老师
电　　话：18600609599

编委会